हिन्द पॉकेट बुक्स

हमारा राष्ट्रीय जलचर

डॉल्फिन

गंगा में पाई जाने वाली डॉल्फिन हमारा राष्ट्रीय जलीय जीव है। गंगा डॉल्फिन को राष्ट्रीय जलीय जीव घोषित किया जाना भारत सरकार का सबसे रोमांचकारी फैसला था। डॉल्फिन को हम अक्सर मछली समझने की भूल कर देते हैं, लेकिन वास्तव में यह मछली नहीं है। यह तो एक स्तनधारी प्राणी है। जिस तरह व्हेल एक स्तनधारी प्राणी है, वैसे ही डॉल्फिन भी इसी श्रेणी में आती है। इस पुस्तक को हमने डॉल्फिन के जीवन से बच्चों को परिचित कराने के लिए ही तैयार किया है, ताकि इसे पढ़कर उन्हें राष्ट्रीय जलचर के बारे में संपूर्ण जानकारी प्राप्त हो जाए।

इसके साथ ही इसमें आकर्षक चित्र भी दिए गए हैं और साथ ही आपकी परीक्षा के लिए प्रश्नोत्तरी, हल कीजिए और अपने ज्ञान की परीक्षा आप स्वयं कीजिए।

लेखक की अन्य पुस्तकें

- हमारे राष्ट्रीय खेल
- हमारा राष्ट्रीय पुष्प कमल
- हमारा राष्ट्रीय पक्षी मोर
- हमारा राष्ट्रीय गीत
- हमारी राष्ट्रीय संस्कृति वैदिक
- हमारा राष्ट्रीय फल आम
- हमारा राष्ट्रीय चिह्न अशोक चक्र
- हमारा राष्ट्रीय वृक्ष बरगद
- हमारा राष्ट्रीय पशु बाघ
- हमारी राष्ट्रीय नदी गंगा
- हमारा राष्ट्रीय ग्रंथ गीता
- हमारे राष्ट्रीय पर्व और दिवस
- हमारे राष्ट्रीय स्मारक
- हमारा राष्ट्रीय ध्वज तिरंगा
- हमारे राष्ट्रीय विरासत स्थल
- हमारी राजभाषा हिन्दी
- हमारे नेशनल पार्क
- लोकप्रिय बाल गीत
- हमारे देशभक्ति गीत
- हमारे राष्ट्रीय गीत
- शहीदों के अमर गीत
- महाभारत की कहानियाँ
- पुराणों की कहानियाँ
- रामायण की कहानियाँ
- बेताल पचीसी, दो भागों में
- महापुरुषों का बचपन
- महाराणा प्रताप
- बहादुर बेटी मलाला

सुरुचिपूर्ण एवं प्रेरणादायक सचित्र जानकारियाँ

हमारा राष्ट्रीय जलचर

डॉल्फिन

तेजपाल सिंह धामा

हिन्द पॉकेट बुक्स
पेंगुइन रैंडम हाउस इम्प्रिंट

हिन्द पॉकेट बुक्स

यूएसए | कनाडा | यूके | आयरलैंड | ऑस्ट्रेलिया | सिंगापुर
न्यू ज़ीलैंड | भारत | दक्षिण अफ्रीका | चीन

हिन्द पॉकेट बुक्स, पेंगुइन रैंडम हाउस ग्रुप ऑफ़ कम्पनीज़ का हिस्सा है,
जिसका पता global.penguinrandomhouse.com पर मिलेगा

पेंगुइन रैंडम हाउस इंडिया प्रा. लि.,
चौथी मंजिल, कैपिटल टावर -1, एम जी रोड,
गुड़गांव-122002, हरियाणा, भारत

पेंगुइन
रैंडम हाउस
इंडिया

प्रथम हिन्दी संस्करण हिन्द पॉकेट बुक्स द्वारा 2014 में प्रकाशित
यह हिन्दी संस्करण हिन्द पॉकेट बुक्स में पेंगुइन रैंडम हाउस द्वारा 2022 में प्रकाशित

10 9 8 7 6 5 4 3 2

इस पुस्तक में व्यक्त विचार लेखक के अपने हैं, जिनका यथासंभव तथ्यात्मक सत्यापन किया गया है, और इस संबंध में प्रकाशक एवं सहयोगी प्रकाशक किसी भी रूप में उत्तरदायी नहीं हैं।

ISBN 9789353491390

मुद्रकः रेप्रो इंडिया लिमिटेड

क्रम

सूंस अर्थात् डॉल्फिन – एक परिचय

सूंस अर्थात् डॉल्फिन हमारी राष्ट्रीय जलचर है, जो गंगा में पाई जाती है और देश को इस बुद्धिमान जलचर पर गर्व है। तो आइए बच्चो, आज हम आपको राष्ट्रीय जलचर के बारे में अवगत कराते हैं।

सूंस (डॉल्फिन) समुद्री स्तनधारी जीव हैं और तिमि तथा शिंशुमार के निकट संबंधी हैं। लेकिन इसके अलावा ये नदियों में भी पाई जाती हैं, खासकर भारत की पावन नदी गंगा में इनका बसेरा है और इसी कारण इसे राष्ट्रीय जलचर घोषित किया गया है। इनका आकार 1.2 मी. (4 फीट) एवं 400 कि.ग्रा. (माउई सूंस) से लेकर 9.5 मी. (30 फीट) 10 टन (ऑर्का या किलर व्हेल) तक हो सकता है। ये विश्व भर में पाई जाती हैं, खासतौर पर महाद्वीपीय जलसीमा के उथले सागरीय क्षेत्रों में। ये मांसाहारी होती हैं और छोटी मछलियों और विद्रूपों को खाती हैं। सीटेसियन गण में डेल्फिनिडि सबसे बड़ा और अपेक्षाकृत नवीन कुल है। सूंसों का प्रादुर्भाव पृथ्वी पर लगभग 1 करोड़ वर्ष पहले मियोसीन काल के दौरान हुआ था। सूंस पृथ्वी के कुछ सबसे अधिक बुद्धिमान जीवों मे से एक है और उनके अकसर दोस्ताना व्यवहार और हमेशा खुश रहने की आदत ने उन्हें मनुष्यों के बीच खासा लोकप्रिय बना दिया है। गंगा नदी में पाई जाने वाली सूंस को भारत सरकार

ने भारत का राष्ट्रीय जलीय जीव घोषित करके एक सराहनीय काम किया है।

प्रजातियाँ

समुद्री डॉल्फिन के 17 वंश और 40 प्रजातियाँ हैं। नदी डॉल्फिन के 4 प्रकार और अन्य 6 प्रकार के होते हैं। वैज्ञानिकों को लगता है कि कभी खतरनाक मछलियाँ कुछ किलर व्हेल की तरह डॉल्फिन परिवार का हिस्सा थे। कुछ डॉल्फिनों के नाम यहाँ दिए जा रहे हैं – इरावाडी डॉल्फिन, हेक्टर की डॉल्फिन, फ्रेजियर की डॉल्फिन, साँवली डॉल्फिन, काले डॉल्फिन, दक्षिणी राइट व्हेल डॉल्फिन, दाँतेदार डॉल्फिन, आम डॉल्फिन, सफेद तरफा डॉल्फिन, उत्तरी राइट व्हेल डॉल्फिन, लंबी थूथन वाला स्पिनर डॉल्फिन, लंबी चोंचवाला आम डॉल्फिन, गांगेय डॉल्फिन, कूबड़ डॉल्फिन और गैंगेटिक डॉल्फिन।

स्वच्छ पानी में पाई जाने वाली डॉल्फिन की चार प्रजातियों में एक है गैंगेटिक डॉल्फिन। डॉल्फिन स्तनधारी जीव है, जो सिटेसिया समूह का एक सदस्य है। आम बोलचाल की भाषा में इसे सोंस (सूंस) और संसू व गंगा की गाय के नाम से भी जाना जाता है।

जानकार बताते हैं कि एक पूर्ण वयस्क डॉल्फिन की लम्बाई दो से 270 मीटर तक होती है, जबकि इनका वजन 100 से 150 किलोग्राम तक होता है। मादा डॉल्फिन नर डॉल्फिन से अपेक्षाकृत बड़ी होती है। दोनों जबड़ों में 130 से 150 दाँत होते हैं। डॉल्फिन के विकास के क्रम में इनमें चमगादड़ों की तरह बहुत ही सूक्ष्म इको लोकेशन सिस्टम का विकास होता है। ये ध्वनि के आधार पर दिशा का अनुमान लगाते हैं और अपना शिकार खोजते हैं।

दक्षिण अमेरिका, दक्षिण अफ्रीका, ऑस्ट्रेलिया, न्यूजीलैंड, करगुएलेन

द्वीप में सांवली डॉल्फिन पाई जाती हैं। ये साँवली डॉल्फिन, यूथचारी जानवर हैं, यह आँखों से अंधी होती हैं। सबसे अच्छा स्टंट करती हैं।

चीन में काली डॉल्फिन पाई जाती हैं, जबकि दक्षिण अफ्रीका में धारीदार डॉल्फिन देखने को मिलती हैं।

जीवविज्ञान और व्यवहार

साँवली डॉल्फिन अत्यधिक सामाजिक, मिलनसार जीव हैं। वे कभी-कभी 1,000 से अधिक के एक प्रभावशाली झुंड फार्म में भी देखने को मिलती हैं, लेकिन 20-500 के समूह में होने की संभावना अधिक रहती है। साँवली डॉल्फिन अकसर पानी के ऊपर उछाल के साथ आती हैं और कभी-कभी हवा में कलाबाजी करती हैं।

यदि इनके प्रजनन की बात करें तो न्यूजीलैंड और अर्जेंटीना में प्रजनन गर्मियों में पीक अवधि (फरवरी-नवम्बर) में माना जाता रहा है। लेकिन सभी देशों में यह अवधि अलग-अलग है और कोई एक निश्चित महीना नहीं जब ये प्रजनन कार्य करती हों।

राष्ट्रीय जलीय जीव

सरकार ने डॉल्फिन को राष्ट्रीय जलचर आजादी के तुरंत बाद या भारत के संविधान लेखन के समय नहीं किया, वरन 14वें प्रधानमंत्री मनमोहन सिंह को इसे राष्ट्रीय जलचर घोषित करने का श्रेय जाता है। उन्होंने 2009 में गंगा डॉल्फिन को राष्ट्रीय जलीय जीव घोषित किया था। मोर राष्ट्रीय पक्षी और बाघ राष्ट्रीय पशु पहले से ही घोषित हैं। किसी जलचर को 2009 तक राष्ट्रीय जीव घोषित नहीं किया गया था।

तत्कालीन प्रधानमंत्री मनमोहन सिंह की अध्यक्षता में तब दिल्ली में हुई गंगा नदी घाटी प्राधिकरण की बैठक में विलुप्त हो रही गंगा डॉल्फिन को राष्ट्रीय जलीय जीव घोषित करने का फैसला लेकर उन्होंने डॉल्फिन प्रेमियों को उत्साहित कर दिया था।

तत्कालीन केन्द्रीय पर्यावरण और वन मंत्री जयराम रमेश के अनुसार बिहार के तत्कालीन मुख्यमंत्री नीतीश कुमार ने उन्हीं दिनों एक बैठक में यह सुझाव दिया था, जिसे तुरंत स्वीकार कर लिया

गया था। इस बैठक में बिहार सहित उन सभी राज्यों के मुख्यमंत्री या उनका प्रतिनिधित्व करने वाले सीनियर अधिकारी मौजूद थे, जहाँ से गंगा होकर बहती है।

रमेश के अनुसार, गंगा डॉल्फिन को राष्ट्रीय जलीय जीव घोषित किया जाना सबसे रोमांचकारी फैसला था। गंगा नदी को 2020 तक प्रदूषण मुक्त बनाने की ठोस रूप रेखा पेश करते हुए उन्होंने बताया था कि आज 2000 से भी कम गंगा डॉल्फिन बची हैं। जब तक इनकी बड़ी संख्या में गंगा में वापसी सुनिश्चित नहीं होती देश के लोगों की आस्था से जुड़ी इस पवित्र नदी की सफाई का कार्यक्रम भी सफल नहीं होगा।

स्तनधारी प्राणी

डॉल्फिन को हम अकसर मछली समझने की भूल कर देते हैं, लेकिन वास्तव में डॉल्फिन एक मछली नहीं है। वह तो एक स्तनधारी प्राणी है। जिस तरह व्हेल एक स्तनधारी प्राणी है, वैसे ही डॉल्फिन भी इसी श्रेणी में आती है। यह एक छोटी व्हेल की ही तरह है। डॉल्फिन का रहने का ठिकाना संसार के समुद्र और नदियाँ हैं।

डॉल्फिन को अकेले रहना पसंद नहीं है यह सामान्यतः समूह में रहना पसंद करती है। इनके एक समूह में 10 से 12 सदस्य होते हैं। हमारे भारत में डॉल्फिन गंगा नदी में पाई जाती है, लेकिन गंगा नदी में मौजूद डॉल्फिन अब विलुप्त होने के कगार पर है। डॉल्फिन की एक बड़ी खासियत यह है कि यह कंपन वाली आवाज़ निकालती है जो किसी भी चीज से टकराकर वापस डॉल्फिन के पास आ जाती है।

इससे डॉल्फिन को पता चल जाता है कि शिकार कितना बड़ा और कितने करीब है। डॉल्फिन आवाज और सीटियों के द्वारा एक दूसरे से

बात करती हैं। यह 60 किमी प्रति घंटे की रफ्तार से तैर सकती है। डॉल्फिन 10-15 मिनट तक पानी के अंदर रह सकती है, लेकिन वह पानी के अंदर साँस नहीं ले सकती। उसे सांस लेने के लिए पानी की सतह पर आना पड़ता है।

डॉल्फिन के संरक्षक डॉ. सिन्हा

पटना विश्वविद्यालय में जन्तु शास्त्र के प्राध्यापक डॉ. रवीन्द्र कुमार सिन्हा को डॉल्फिन के संरक्षण और इसे राष्ट्रीय जलचर घोषित कराने का श्रेय दिया जाता है। वे गांगेय डॉल्फिन को लेकर काफी लंबे समय से अनुसंधानरत रहे हैं।

गांगेय डॉल्फिन अर्थात् गंगा में पाई जानेवाली डॉल्फिन जिसे स्थानीय

भाषा में सोंस (सूंस) कहा जाता है, पर अपने शोध के लिए देश एवं विदेशों में खासे चर्चित रहे हैं। यह डॉ. सिन्हा ही थे जिनके जोरदार प्रयासों के कारण गांगेय डॉल्फिन को राष्ट्रीय जीव घोषित किया गया और इसे मारने पर प्रतिबन्ध लगाया गया। इनके कार्यों से प्रभावित होकर एक फ्रांसीसी पत्रकार क्रिश्चियन गैलिसियन ने डॉ. सिन्हा पर एक वृतचित्र का निर्माण भी किया है। 'मि. डॉल्फिन सिन्हा थिंक ग्लोबली, एक्ट लोकली'। तो आइए पढ़ते हैं डॉल्फिन सिन्हा के नाम से प्रसिद्ध डॉ. सिन्हा से बेबाक बातचीत के कुछ प्रमुख अंश –

प्रश्न : नदियों में पाई जानेवाली डॉल्फिन समुद्री डॉल्फिन से किस प्रकार भिन्न है?

उत्तर : नदियों में पाई जानेवाली डॉल्फिन का वैज्ञानिक नाम प्लाटानेस्टा गंगेटिका है। यह समुद्री डॉल्फिन से भिन्न होती है। समुद्री डॉल्फिन देख सकती है और उसकी पीठ पर बड़े पंख होते हैं जबकि गांगेय डॉल्फिन देख नहीं सकती और उसमें व्हेल की तरह सीकम पाए जाते हैं, जो दर्शाता है कि यह कभी शाकाहारी रहा होगा। इन्हें स्थानीय लोग सोंस कहकर पुकार ते रहे हैं। गंगा और ब्रह्मपुत्र की सहायक नदियों में डॉल्फिन पाई जाती थीं। किन्तु लोगों की अज्ञानता के कारण इनकी संख्या में काफी कमी आई है।

प्रश्न : गांगेय डॉल्फिन का शिकार क्यों किया जाता है? इसे बंद कैसे किया जा सकता है?

उत्तर : गांगेय डॉल्फिन का शिकार इसके तेल के लिए किया जाता है। यह काफी महँगा बिकता है। इस तेल का प्रयोग मछुआरे मछली पकड़ने में करते हैं। इसके तेल से मछलियाँ आकर्षित होती हैं और मछली आसानी से पकड़ी जाती है। इसका

मांस भी बिकता है जिसे निम्न वर्ग के लोग खाते हैं। वैसे इसका मांस स्वादिष्ट नहीं होता है। इसके तेल को लेकर एक भ्रांति भी है कि यह दर्द-निवारक है। किन्तु इसका कोई भी प्रामाणिक तथ्य सामने नहीं आया है। मछली के चारे के रूप में इसके तेल के प्रयोग बन्द करने से इसका शिकार स्वतः ही बंद हो जाएगा। मछली के चारे के लिए मैंने मछली के अवशिष्ट से चारे को विकसित किया है और इसे मछुआरों के बीच लोकप्रिय बनाने की कोशिश कर रहा हूँ।

प्रश्न : गांगेय डॉल्फिन गंगा के लिए कितना जरूरी है?

उत्तर : यह अमेजन, गंगा तथा उसकी सहायक नदियों की प्राकृतिक धरोहर है। इसके पारिस्थितिक संतुलन को कायम रखने में डॉल्फिन (सोंस) की अहम् भूमिका है। यह गंगा के लिए उतना ही जरूरी है, जितना जंगल के लिए बाघ। यह गंगा के स्वास्थ्य का दर्पण है। इसकी घटती संख्या गंगा के लिए चिन्ताजनक है। चीन की नदियों में तो यह सन् 2006 में ही पूरी तरह समाप्त हो गया। हम चाहते हैं कि हमारे देश में ऐसा नहीं हो। हमारी भावी पीढ़ी इसे देख सके। इसके लिए प्रयास किए जाने चाहिए। अभी इसकी संख्या अनुमानतः 2500 है। इसमें लगभग बारह-तेरह सौ डॉल्फिन बिहार में हैं। इनकी संख्या बढ़नी चाहिए।

प्रश्न : इसके संरक्षण में उठाए गए कदम कितने सार्थक हैं?

उत्तर : भारत के प्रधानमंत्री ने इसे राष्ट्रीय जलीय जीव घोषित कर निश्चय ही प्रशंसनीय कार्य किया है। किन्तु इसके संरक्षण के लिए वैसी ही ठोस व्यवस्था करनी होगी जैसे कि बाघों के लिए किया जा रहा है। वैसे, पूरे देश के लिए कार्य योजना

बनाई जा रही है। सबसे बड़ी बात तो यह है कि इसके आवास गंगा पर ही खतरा मंडरा रहा है। गंगा को बचाने की भी पुरजोर कोशिश होनी चाहिए।

प्रश्न : क्या डॉल्फिन के संरक्षण के लिए पहले भी प्रयास किए गए थे?

उत्तर : आपको यह जानकर आश्चर्य होगा कि वन्य प्राणियों के संरक्षण के लिए पहला राज्यादेश ई. पू. 232 में मगध के ही सम्राट अशोक ने अपने पंचम शिलालेख में पारित किया था। इस राज्यादेश में जिन प्राणियों के संरक्षण का उल्लेख था, उसमें यह गांगेय डॉल्फिन भी था। पूरी दुनिया में कहीं भी वन्य एवं जलीय प्राणियों के संरक्षण के लिए पारित

होनेवाला यह पहला राज्यादेश था। यह मेरे लिए भी विस्मय का कारण था। इसने भी मुझे इस प्राणी के संरक्षण के लिए प्रेरित किया। वैसे, स्वतंत्र भारत में भी 1972 में वन्य प्राणी संरक्षण अधिनियम के अंतर्गत सोंस को संरक्षित प्राणी घोषित किया गया है। सरकारी कर्मियों में भी जानकारी का अभाव है। वे गांगेय डॉल्फिन (सोंस) को मछली बताते हैं।

प्रश्न : डॉल्फिन को लेकर लोगों में कई तरह की भ्रांतियाँ रही हैं। लोग इसे मछली समझ इसका शिकार करते रहे हैं। क्या अब इस स्थिति में परिवर्तन आया है? मीडिया की कैसी भूमिका रही है?

उत्तर : हाँ! लोगों में एक समझ विकसित हुई है। तभी तो पिछले दिनों पटना में डॉल्फिन का शिकार कर रहे असामाजिक तत्वों को जागरूक लोगों ने खदेड़ दिया, परन्तु मीडिया

इसके प्रति असंवेदनशील नजर आती है। अभी भी डॉल्फिन को मछली लिखा जा रहा है। जबकि डॉल्फिन स्तनधारी प्राणी है। दुर्भाग्य से खबरें बेचने के लिए तथ्यों को तोड़-मरोड़ कर पेश किया जाता है। उदाहरणस्वरूप प्रायः खबरें छपती हैं कि बिहार में पटना के दानापुर में साइबेरियन पक्षी का शिकार हो रहा है। जबकि सिर्फ राजस्थान के भरतपुर में ही कुछ साइबेरियन पक्षी आते हैं। यहाँ स्थानीय प्रवासी पक्षी जांघिल और घोघैल का शिकार होता है। इसे ही साइबेरियन पक्षी कहा जा रहा है।

प्रश्न : आपकी डॉल्फिन (सोंस) के प्रति अभिरुचि कैसे विकसित हुई?

उत्तर : मैं गाँव का आदमी था जहानाबाद के मखदूमपुर का। गाँव के लोग मृत व्यक्ति के अंतिम संस्कार के लिए पटना के गंगा घाट पर आया करते थे। मेरी दादी की मृत्यु के बाद उनके अंतिम संस्कार में शामिल होने के लिए मैं भी पटना के बांसघाट पर आया। तब मेरी उम्र आठ वर्ष थी। वहीं मैंने देखा कि गंगा में एक काली चीज बार-बार पानी से ऊपर आ रही थी। मेरी उत्सुकता बढ़ी। मैं उसके नजदीक जाने लगा तो लोगों ने मुझे मना किया। कहा, "यह सोंस है, उसके नजदीक मत जाओ, यह काफी खतरनाक होता है।" बात आई-गई हो गई। फिर मैंने उच्चता पढ़ाई करने के लिए पटना के साइंस कालेज में दाखिला लिया। क्लास समाप्ति के बाद गंगा किनारे बैठ उसे निहारना अच्छा लगता था। तब मैंने फिर वहाँ सोंस देखा। तब बचपन की स्मृति सजीव हो उठी।

शिक्षा पूरी कर मुंगेर के आर.डी.एंड डी.जे. कालेज में व्याख्याता बना। वहाँ भी कष्टहरनी घाट पर बैठ सोंस देखता था। व्याख्याता बनने के दौरान मैं गंगा के जलीय जैव जगत एवं प्रदूषण पर शोध भी कर रहा था। इसके लिए मैं मछुआरों के साथ घूमता था। गांगेय डॉल्फिन के बारे में पहला ज्ञान उन मछुआरों से मिला था। उन्होंने बताया कि एक मादा डॉल्फिन करीब तीन वर्षों में एक बच्चे को जन्म देती है। उसे दूध पिलाती है। इन्हीं दिनों एक मछुआरे ने एक मृत नवजात डॉल्फिन लाकर दिया। मैंने उसका अंग विच्छेदन कर सूक्ष्म परीक्षण किया। लेकिन, डॉल्फिन पर कोई लिटरेचर यहाँ उपलब्ध नहीं हो पा रहा था। तब मैं कोलकाता के नेशनल म्युजियम (इंडियन म्यूजियम) गया। वहाँ के स्तनधारी सेक्शन के प्रभारी वी.सी. अग्रवाल से मदद मिली। उन्होंने डॉल्फिन पर प्रकाशित जान एंडरसन की पुस्तक दिखलाई। वह पुस्तक एक बाढ़ में डूब गई थी और अच्छी हालत में नहीं थी। तब उसके हर एक पन्ने की तस्वीर खींच, उसे एक पुस्तक की शक्ल दी गई। यह पाँच सौ पन्ने की पुस्तक थी। इस पुस्तक से काफी सहायता मिली।

फिर राजीव गांधी के वक्त में गंगा कार्य परियोजना बनी। इस शोध कार्य में पटना विश्वविद्यालय को भी शामिल किया गया। इसमें मुख्य भूमिका मैंने ही निभाई थी। 1988 में मैंने गंगा-बेसिन रिसर्च प्रोजेक्ट पर अंतिम रिपोर्ट भेजी। इस रिपोर्ट में मैंने गांगेय डॉल्फिन का विस्तार से उल्लेख किया था। परियोजना पदाधिकारी महाराज कुमार रंजीत सिंह को उस रिपोर्ट ने काफी प्रभावित किया। अपने पटना प्रवास

में उन्होंने मुझे इस विषय पर काम करने को प्रेरित किया। उन्होंने कहा, 'आप सिर्फ गांगेय डॉल्फिन पर प्रोजेक्ट बनाइए। अभी तक इस पर काम नहीं हुआ है। संसाधन मैं मुहैया कराऊँगा।' गांगेय डॉल्फिन पर जान एंडरसन की पुस्तक के अतिरिक्त कोई सामग्री नहीं थी। फिर भी मैंने एक विस्तृत प्रपोजल तैयार किया। इसके बाद कुमार रंजीत सिंह ने एक ब्रिटिश वैज्ञानिक माइक एंड्रयू को मेरे पास भेजा। वह मुझसे मिलकर प्रभावित हुए। कहा, 'तुम निश्चय ही इस पर काम कर पाओगे।' उन्होंने मुझे आश्वस्त किया कि वे 'लिनियन सोसायटी ऑफ लंदन' से इससे संबंधित सामग्री भेजेंगे। मुझे सामग्री मिली। उसके अनुसार सिंधु नदी के डॉल्फिन पर एक जर्मन वैज्ञानिक जार्ज पिलेरी ने 1970 के दशक में काम किया था। उनकी रिपोर्ट 'जर्नल इन्वेस्टिगेशन ऑफ सिरेसिया' में प्रकाशित हुई थी।

इसी रिपोर्ट में सम्राट अशोक द्वारा पारित राज्यादेश का भी उल्लेख था। गांगेय डॉल्फिन को शासन की ओर से संरक्षित घोषित किया गया था। इससे मैं रोमांचित हुआ। इसी मगध की धरती से आज से करीब तेईस सौ वर्ष पहले डॉल्फिन के संरक्षण के लिए प्रथम सार्थक प्रयास हुआ था। भारत सरकार के एक दस्तावेज से भी उसकी पुष्टि हुई। इससे उत्साहित होकर मैंने इंटरनेशनल यूनियन ऑफ कंजरवेशन आफ नेचर से भी पत्राचार किया। इसके बाद नार्थ इस्टर्न हिल यूनिवर्सिटी, शिलांग के जन्तु विज्ञान के प्रोफेसर जार्ज माइकल से संपर्क हुआ। उन्होंने आईसीवीएन से डॉल्फिन पर प्रकाशित एक पुस्तक दी। इसकी मदद से मैंने एक प्रोजेक्ट

तैयार किया। 1991 में भारत सरकार के रिसर्च कमेटी अध्यक्ष एम.एस. स्वामीनाथन ने इस परियोजना पर अपनी सहमति दी।

प्रश्न : इस परियोजना पर काम करने में कोई कठिनाई?

उत्तर : समस्या तो काफी थी। किन्तु धैर्य और हिम्मत से काम करने से सफलता मिली। शुरू में तो कठिनाई यह थी कि यह पानी के बाहर सिर्फ 1-2 सेकेंड के लिए दिखता है। पानी के अंदर दिखता नहीं था। दूसरे सर्वे के लिए कोई नाविक तैयार नहीं था। नाव से घूमने के दौरान तीन बार मुंगेर और साहेबगंज के बीच अपराधियों ने बंदूक की नोक पर रोक लिया था। किन्तु अपना उद्देश्य बताने पर उन्होंने माफी माँग हमें मुक्त कर दिया। लेकिन उत्तर प्रदेश के बदायूँ जिले में जल दस्युओं ने सब कुछ लूट लिया। इसके बाद भी वे जाति पूछकर मारना चाहते थे। तब लगा कि हमारा समाज कितना जहरीला हो गया कि डकैती भी जाति पूछकर होती है।

प्रश्न : आपकी उपलब्धियाँ?

उत्तर : दुनिया की लाईफ साइंस की सबसे पुरानी 'लिनियन सोसायटी ऑफ लंदन' का 1996 में फैलो चुना गया। यह सम्मान पानेवाला मैं 16वाँ भारतीय बना। इसके बाद नीदरलैंड के राजमहल में मुझे वहाँ के सबसे बड़े पुरस्कार 'द आर्डर ऑफ द गोल्डेन आर्क' से सम्मानित किया गया। यह पुरस्कार प्रकृति के संरक्षण के लिए दिया जाता है। यह पुरस्कार पाने वाला मैं 12वाँ भारतीय था। ग्रामीण परिवेश में पला हुआ एक सामान्य व्यक्ति के लिए यह बहुत बड़ा सम्मान था। 1992 में योजना आयोग के तत्कालीन सदस्य सैय्यद

जहूर कासिम ने मुझे 'डॉल्फिन मैन ऑफ इंडिया' के नाम से नवाजा। एक फ्रांसीसी पत्रकार क्रिश्चियन गैलिसियन ने मुझ पर एक डॉक्यूमेन्ट्री फिल्म बनाई। सबसे बड़ी उपलब्धि यह रही कि गांगेय डॉल्फिन को राष्ट्रीय जलीय जीव का दर्जा हासिल हो गया।

प्रश्न : इस परियोजना पर काम करने में कैसा महसूस करते हो?

उत्तर : इस परियोजना पर काम करना तो मेरे लिए गौरव की बात है, जब यह सोचता हूँ कि मेरी मेहनत के कारण डॉल्फिन के संरक्षण के लिए सरकार आगे आई, तो रोमांचित हो उठता हूँ। कोई भी कार्य आसान नहीं होता, लेकिन सच मानें तो कठिन भी कोई कार्य नहीं, इसलिए मैं मानता हूँ कि जिस प्रकार डॉल्फिन के संरक्षण को लेकर सरकार सजग हुई है, ठीक उसी प्रकार अन्य जलीय-जन्तुओं के लिए भी प्रयास

होने चाहिए और यह तय है कि जब आप किसी अच्छे कार्य की शुरुआत करते हैं, तो उसमें सहयोग देने वाले अपने आप ही मिलते जाते हैं और किए गए कार्य का फल अवश्य ही मिलता है। आप बस किसी भी अच्छे कार्य की शुरुआत कीजिए, उसे पूरा करना तो फिर ईश्वर के हाथ में रहता है।

प्रदूषण और डॉल्फिन का अस्तित्व

गंगा हमारी आस्था से जुड़ी वह पवित्र नदी है, जो अपने नाम के साथ अनेक किंवदंतियों, परंपराओं और सभ्यताओं को समेटे हुए है। लेकिन निरंतर बढ़ते प्रदूषण से न सिर्फ गंगा मैली हो गई, बल्कि इसकी गोद में पल रहा हमारा राष्ट्रीय जलीय जीव, गंगा डॉल्फिन, का अस्तित्व भी खतरे में पड़ गया। डॉल्फिन के संबंध में माना जाता है कि यह अति प्राचीन मछली है, जो मानव समाज की दोस्त है। कहा जाता है कि भगीरथ की तपस्या से जब गंगा स्वर्ग से उतरी थी, तब उसकी धारा में यह मछली भी थी। बहरहाल, डॉल्फिनों को बचाने की सबसे पहली मुहिम सम्राट अशोक के काल में शुरू हुई थी, पर उसके बाद लंबे समय तक इसे बचाने का कोई प्रयास नहीं हुआ और यह शिकारियों का शिकार होती रही। वर्ष 2005 से विश्व प्रकृति निधि और सेवियर्स संस्था ने इस मछली को बचाने की मुहिम चलाई है।

इसी मुहिम के तहत सरकार ने वर्ष 2009 में गंगा की डॉल्फिन को राष्ट्रीय जलीय जीव घोषित किया। उत्तर प्रदेश के पांच जिलों मेरठ, बिजनौर, मुरादाबाद, गाजियाबाद और बुलंदशहर में बह रही गंगा नदी में ये डॉल्फिनें हैं। बिजनौर बैराज से लेकर नरौरा बैराज तक 165 किमी के जल क्षेत्र में ये विचरण करती हैं। गढ़ से लेकर नरौरा तक

के 86 किमी तक का क्षेत्र रामसर क्षेत्र घोषित है, जिसमें यह प्रजनन भी करती हैं। उनकी संख्या बढ़ाने के लिए अब यहाँ प्रयास भी किए जा रहे हैं।

सेवियर्स संस्था की सचिव स्वाति शर्मा और विश्व प्रकृति निधि के अधिकारियों की मानें, तो रामसर साइट में वर्ष 2005 में डॉल्फिनों की संख्या 35 थी, जो वर्ष 2010 में बढ़कर 53 हो गई है। डॉल्फिनों के व्यवहार को जानने के लिए टोक्यो यूनिवर्सिटी, जापान और आईआईटी जैसे संस्थान शोध भी कर रहे हैं और इसी के लिए बुलंदशहर के कर्णबास में गंगा नदी के अंदर विभिन्न प्रकार के उपकरण भी लगाए गए हैं।

डॉल्फिन के लिए सबसे बड़ी समस्या है, गंगा पर बैराजों का निर्माण। इस निर्माण के कारण गंगा में गंदगी और रेत बढ़ रही है और उसका जल स्तर घट रहा है। इसके अलावा 'पलेज' की खेती

भी इसके लिए एक बड़ी समस्या बनी है, जिसमें प्रयोग होने वाली रासायनिक खाद डॉल्फिन के जीवन को निगल रही है। लेकिन एक अच्छा संकेत यह है कि अब आम आदमी भी इस मछली को बचाने के लिए आगे आ रहा है।

संस्था के प्रयासों से जहाँ पाँच जिलों के करीब सौ स्कूलों के बच्चे इस जीव के प्रति लोगों को जागरूक करने के लिए अभियान चला रहे हैं, वहीं नदी में रहकर अपना जीवनयापन करने वाले निषाद समुदाय के लोग भी इसे बचाने में सहयोग दे रहे हैं। गढ़ में रहने वाले निषाद समुदाय के नेता राजमल लोगों को ऐसी जगह जाल डालने से मना कर रहे हैं, जहाँ डॉल्फिनें आती हैं। चूँकि गंगा की गोद में पलने वाली यह मछली जन्मजात अंधी होती हैं और सोनर तरंग के माध्यम से चलती है। जब यह तरंग सूत के जाल से टकराकर वापस लौटती है, तो उसे सचेत कर देती है। लेकिन नायलॉन के जाल में यह तरंग पार हो जाती है, जिस कारण यह उसमें फँस जाती है। यदि तीन मिनट तक वह ऊपर नहीं आती, तो पानी के अंदर ही दम घुटने से उसकी मौत हो जाती है। लेकिन डॉल्फिनों को बचाने के लिए और अधिक प्रयास की जरूरत है। अभी इनके संरक्षण के लिए प्रदेश के पाँच जिलों में ही कार्य हो रहे हैं। यदि अन्य जिलों के लोगों को भी इससे जोड़ लिया जाए, तो गंगा की स्वच्छता का प्रमाण कही जाने वाली डॉल्फिनें गंगा में आसानी से नजर भी आएँगी।

सबसे लंबी याद्दाश्त

- वैज्ञानिकों का कहना है कि मनुष्यों के बाद सबसे लंबी याद्दाश्त डॉल्फिन मछली की होती है। अभी तक माना जाता था कि मनुष्यों के बाद हाथी की याद्दाश्त सबसे लंबी होती है।

- अमेरिका के शोधकर्ताओं का कहना है कि एक दूसरे से अलग होने के 20 साल बाद भी डॉल्फिन अपने पूर्व साथियों की सीटी जैसी आवाज पहचान लेती हैं।
- वैज्ञानिकों का मानना है कि यह लंबी याद्दाश्त डॉल्फिनों के जटिल सामाजिक ताने-बाने का परिणाम है। यह शोध प्रेसीडिंग्स ऑफ रॉयल सोसाइटी बी में प्रकाशित हुआ है।
- 56 पालतू 'बॉटल नोज डॉल्फिनों' पर किए गए शोध से यह जानकारी मिली है। इन्हें अमेरिका और बरमूडा के छह अलग-अलग चिड़ियाघरों और एक्वेरियम में प्रजनन के लिए लाया गया था।
- दशकों पुराने आंकड़ों से पता चलता है कि कौन सी डॉल्फिन साथ रहती थीं। ऐली और बैली के अनुसार, "डॉल्फिनों के सामजिक तंत्र का जटिल ढांचा इस लंबी याद्दाश्त का कारण है।"
- डॉल्फिनों के सामजिक तंत्र का जटिल ढाँचा इस लंबी स्मरणशक्ति का कारण है। शोधकर्ताओं ने पानी में रखे लाउडस्पीकरों पर डॉल्फिनों के पुराने साथियों की विशेष सीटियाँ बजाईं और उनकी प्रतिक्रिया देखी। शोध करने वाले शिकागो विश्वविद्यालय के डॉक्टर जैसन ब्रक ने बताया, "जब उनकी जानी-पहचानी आवाज बजाई गई तो डॉल्फिनें लंबे समय तक लाउडस्पीकरों के आस पास मंडराती रहीं और अनजानी आवाजों को उन्होंने नजरंदाज कर दिया।"
- जैसन ब्रक कहते हैं, "जीव व्यवहार में इतनी लंबी याद्दाश्त पहले कभी नहीं देखी गई।"
- डॉक्टर ब्रक ने ऐली और बैली नाम की दो डॉल्फिनों का उदाहरण देते हुए अपनी बात स्पष्ट की। इन दोनों को कभी फ्लोरिडा में एक साथ रखा गया था।
- बैली अब बरमूडा में रहती है, जब ऐली की रिकॉर्डिंग बजाई गई

तब बैली ने तुरंत प्रतिक्रिया दी, जबकि दोनों को एक दूसरे के संपर्क में आए 20 साल छह महीने से ज्यादा हो चुका था। विश्व स्तरीय शोधकर्ताओं का विश्वास है कि डॉल्फिनों के सामजिक तंत्र का जटिल ढाँचा उनकी स्मरणशक्ति के लिए वरदान है।

- डॉल्फिनें अपने जीवन में कई बार एक समूह छोड़ कर दूसरे समूह में शामिल हो सकती हैं।
- डॉक्टर ब्रक कहते हैं, "अपने साथी की आवाज पहचानना उनके लिए जरूरी हो जाता है। कई मील दूर से अपने पूर्व साथी की आवाज सुनकर डॉल्फिन यह निर्धारित करती है कि उसे पुराने समूह में लौटना है या नहीं।" शोधकर्ताओं के अनुसार डॉल्फिनों की यह विशेषता उन्हें मनुष्यों, चिम्पांजी और हाथियों की दुनियादारी की समझ के करीब ला खड़ा करती है। हाथी भी 20 साल से ज्यादा समय तक याद रख सकते हैं। लेकिन अपने परिवार के बाहर की चीजों को वो कितना याद रखते हैं, इस बारे में बहुत थोड़ी जानकारी प्राप्त है।
- डॉल्फिनों पर किया गया यह शोध बताता है कि वह परिवार के साथ-साथ अजनबियों को भी याद रख सकने में सक्षम हैं।
- हाल ही में हुआ शोध बताता है कि हर डॉल्फिन की अपनी खास आवाज (सीटी) होती है। यह उसी प्रकार से काम करती है जैसे कि मनुष्यों के लिए उनका नाम।

एक-दूसरे को नाम से बुलाती हैं डॉल्फिनें

डॉल्फिनें इंसान की दोस्त मानी जाती हैं, लेकिन एक नए शोध से पता चला है कि वे इंसानों की तरह एक-दूसरे को नाम से भी बुलाती हैं। वैज्ञानिकों का कहना है कि ये समुद्री स्तनपायी एक दूसरे की पहचान जानने के लिए अलग-अलग तरह की सीटी बजाती हैं।

स्कॉटलैंड के सेंट एंड्रूज विश्वविद्यालय के अनुसंधान दल के मुताबिक जब डॉल्फिनों को लगता है कि उनका नाम पुकारा जा रहा है, तो वो इस पर प्रतिक्रिया देती हैं। ये शोध प्रोसीडिंग्स ऑफ द नेशनल एकेडमी ऑफ साइंसेज में प्रकाशित हुआ है।

विश्वविद्यालय की समुद्री स्तनपाई शोध इकाई के डॉक्टर विंसेंट जानिक ने कहा, "डॉल्फिनें समुद्र में त्रिआयामी माहौल में रहती हैं जहां कोई निश्चित चिह्न या सीमा नहीं होती है। ऐसे में उन्हें एक समूह में एक दूसरे के संपर्क में रहने के लिए एक सुगम व्यवस्था की जरूरत होती है।"

लंबे समय से ये माना जाता रहा है कि डॉल्फिनें एक-दूसरे को पुकारने के लिए एक विशेष प्रकार की सीटी बजाती हैं। ठीक वैसे ही जैसे हम एक-दूसरे को नाम से पुकारते हैं।

पहले किए गए शोधों से ये बात सामने आई है कि डॉल्फिनें निरंतर सीटी बजाती रहती हैं और एक ही समूह की डॉल्फिनें इस ध्वनि को सीखती हैं और कॉपी करती हैं।

डॉक्टर विंसेंट जानिक के अनुसार, डॉल्फिनें समुद्र में त्रिआयामी माहौल में रहती हैं, वहाँ किसी सीमा का निर्धारण तो होता नहीं। ऐसे में उन्हें एक समूह में एक-दूसरे के संपर्क में रहने के लिए एक वे नाम से पुकारने का सहारा लेती है। लेकिन पहली बार नाम से पुकारे जाने पर इन जीवों की प्रतिक्रिया पर शोध किया गया है।

इसके लिए वैज्ञानिकों ने प्राकृतिक वातावरण में रहने वाली बॉटलनोज डॉल्फिनों की ध्वनि को रिकॉर्ड किया। इसके बाद उन्होंने पानी के नीचे स्पीकर लगाकर इस रिकॉर्ड को बजाया। डॉक्टर जानिक ने कहा, "हमने एक समूह की विशेष सीटी बजाई, उनकी दूसरी तरह की आवाजें भी बजाई और फिर दूसरे समूहों की विशेष सीटियाँ बजाई। दूसरे समूहों से ये डॉल्फिनें कभी नहीं मिली थीं।"

अनुसंधानकर्ताओं ने पाया कि डॉल्फिनों ने केवल उन्हीं आवाजों पर प्रतिक्रिया दी, जिनमें उन्हें पुकारा गया था। अपने नाम की पुकार पर उन्होंने प्रतिक्रिया देते हुए सीटी बजाई।

शोध दल का मानना है कि डॉल्फिनें इंसान की तरह व्यवहार करती हैं और नाम पुकारे जाने पर जवाब देती हैं। डॉक्टर जानिक का कहना है कि संभवतः विशाल समुद्र में एक साथ रहने की जरूरत के कारण डॉल्फिनों ने ये क्षमता विकसित की है।

उन्होंने बताया, "अधिकांश समय वे एक-दूसरे को देख नहीं पाती हैं। वे पानी से नीचे सूँघने की क्षमता का इस्तेमाल नहीं कर सकती हैं, जो कि जीवों को एक दूसरे को पहचानने की अहम ताकत होती है। साथ ही वे लंबे समय तक एक ही स्थान पर नहीं रह सकती हैं। उनके पास कोई घोंसला या बिल नहीं होता है, जहाँ वे लौटकर जा सकें।"

अनुसंधानकर्ताओं का मानना है कि पहली बार किसी जीव में ऐसी अद्‌भुत क्षमता का पता चला है। हालाँकि दूसरे शोधों से पता चला है कि संभवतः तोते की कुछ प्रजातियाँ अपने समूह में दूसरों की पहचान के लिए ध्वनि का इस्तेमाल करती हैं। डॉक्टर जानिक ने बताया कि ऐसे शोध से इंसान में आपसी संपर्क के विकास को समझने में मदद मिलेगी।

नेपाल में अंधाधुंध शिकार

एक ओर जहाँ भारत में डॉल्फिन को राष्ट्रीय जलचर घोषित कर दिया है, वहीं पड़ोसी देश नेपाल में इसका अस्तित्व ही खतरे में पड़ गया है, क्योंकि वहाँ अंधाधुंध शिकार इसकी प्रजाति ही नष्ट करने पर तुला हुआ है। नेपाल डॉल्फिन को बचाने की कोशिश करने वालों का कहना है कि पश्चिमी नेपाल की नदियों में पाई जाने वाली इस दुर्लभ मछली पर अंधाधुंध शिकार की वजह से जबर्दस्त खतरा मंडरा रहा है।

नेपाल की नदियों में खासतौर पर मॉनसून में डॉल्फिन पाई जाती हैं। इनमें कंधा, पथरैया और मोहना नदियाँ भी शामिल हैं, जो करनाली नदी की सहायक नदियाँ हैं। करनाली नदी भारत की सीमा से लगते हुए पूरे दक्षिणी नेपाल में बहती है और भारत पहुँचकर घाघरा नदी के नाम से जानी जाती है।

नेपाल में अब स्थानीय अधिकारी नदी में मछली पकड़ने के लिए विभिन्न समूहों को ठेके देने लगे हैं।

कैलाली में तराई आर्क लैंडस्केप कंजरवेशन प्रोग्राम के प्रबंधन प्रकाश लमसाल कहते हैं, "इसकी वजह से डॉल्फिन के लिए खतरा पैदा हो गया है। अंधाधुंध तरीके से मछलियाँ मारी जा रही हैं।"

उनका कहना है कि अधिकारियों को इन नदियों में अंधाधुंध तरीके से मछली मारने पर रोक लगानी चाहिए। विशेषज्ञों का कहना है कि भारत में घाघरा नदी से ये डॉल्फिन सहायक नदियों में आ जाती होंगी। इन सहायक नदियों में डॉल्फिनों की कोई आधिकारिक गिनती

नहीं है, लेकिन माना जाता है कि 20 किस्म से ज्यादा डॉल्फिन होंगी। नेपाल का सुदूर पश्चिमी इलाका पर्यटकों के लिए आकर्षण का बड़ा केंद्र नहीं है। अंधाधुंध मछली मारने से डॉल्फिनों के लिए भोजन की समस्या पैदा हो सकती है।

स्थानीय कारोबारियों का कहना है कि इन डॉल्फिनों को यदि सही तरीके से सहेजा गया तो पर्यटन के मामले में यहाँ के हालात बदल सकते हैं। एक स्थानीय कारोबारी कृष्ण बहादुर महारा का कहना है, “सरकार को इन डॉल्फिनों को बचाने के लिए कदम उठाना चाहिए, ताकि हम पर्यटकों को आकर्षित कर सकें।”

उन्हें डर है कि स्थानीय अधिकारियों ने मछलियों का अंधाधुंध शिकार रोकने के लिए कदम नहीं उठाए तो ये डॉल्फिन इन नदियों से कहीं और भी जा सकती हैं। एक स्थानीय कार्यकर्ता भोजराज श्रेष्ठ का कहना है, “स्थानीय अधिकारियों से इस बारे में कई बार कहा गया, अंधाधुंध शिकार रोका नहीं गया तो हम इन डॉल्फिनों को शर्तियाँ खो देंगे।”

लेकिन स्थानीय अधिकारी इस बात से इनकार करते हैं कि उनकी वजह से डॉल्फिनों के लिए खतरा पैदा हुआ है।

कैलाली के स्थानीय विकास अधिकारी गोकर्ण प्रसाद शर्मा कहते हैं, “जहाँ डॉल्फिन हैं, हमने वहाँ अंधाधुंध तरीके से मछली मारने की किसी को अनुमति नहीं दी है। हमने तो ये कहा है कि उन इलाकों में मछली पकड़ने से बचा जाए। जब हम किसी को मछली पकड़ने का ठेका देते हैं, तो उसके साथ ये शर्त जुड़ी होती है।”

लेकिन उन्होंने ये माना कि अधिकारी इसकी ज्यादा निगरानी नहीं करते कि ठेकेदार इस शर्त का पालन कर रहे हैं या नहीं। वे कहते हैं कि इस पर कड़ी नजर रखने की जरूरत है।

डॉल्फिन में छिपा है मधुमेह का रहस्य

शोधकर्ताओं को मधुमेह बिमारी से लड़ने के लिए डॉल्फिन से कुछ उम्मीद है। डॉल्फिन मछली में शर्करा को कम या ज्यादा करने की अद्‌भुत क्षमता है। इसके जीन पर एक शोध के बाद शोधकर्ताओं को उम्मीद है कि इससे मधुमेह रोग के इलाज में कुछ मदद मिल सकती है।

यूएस नेशनल मरीन मेमम्ल फाउंडेशन के वैज्ञानिकों का कहना है कि जिस तरह मधुमेह रोगी पर इंसुलिन का असर होता है वैसा असर डॉल्फिन पर नहीं होता है। लेकिन उनका ये भी कहना है कि डॉल्फिन इंसुलिन के असर को कम या ज्यादा करने में सक्षम है। इंसुलिन एक ऐसा हॉर्मोन है, जो रक्त में मौजूद ग्लूकोज को कम करता है, जिससे मधुमेह का स्तर कम हो जाता है।

सेन डिएगो की एक टीम ने ऐसे प्रशिक्षित डॉल्फिन के रक्त का नमूना लिया, जो दिन में खाते रहते हैं और सारी रात भूखे रहते हैं।

वेटनरी मेडिसिन के निदेशक स्टीफेन वेन-वॉटसन का कहना है, “इस शोध में पाया गया कि रात में भूखे डॉल्फिन के रक्त की संरचना मधुमेह रोगी के रक्त की संरचना से मिलता है।”

उनका कहना है कि इसका मतलब ये हुआ कि जब डॉल्फिन भूखी रहती है, तब इस पर इंसुलिन का कोई प्रभाव नहीं पड़ता है। यानी रात को डॉल्फिन में ग्लूकोज का स्तर बढ़ जाता है, इसलिए मधुमेह रोगी के रक्त के नमूने से मेल खाता है।

लेकिन जैसे ही डॉल्फिन को सुबह खाना मिलता है, वैसे ही ये अपने आपको रात के बिलकुल विपरीत अवस्था में ले आती है। यानी खाना खाने के बाद इंसुलिन काम करने लगता है और ग्लूकोज का स्तर घट जाता है। इस इस खोज के आधार पर डॉक्टर वेन्न वॉटसन

को उम्मीद है कि मेडिकल शोधकर्ता मधुमेह रोगी के लिए कोई इलाज ढूँढ़ पाएँगे।

मेरी गंगा – मेरी डॉल्फिन अभियान

उत्तर प्रदेश में गंगा और उसकी सहायक नदियों में डॉल्फिन के सर्वेक्षण और उसके महत्त्व के बारे में लोगों को जागरूक करने का अभियान 'मेरी गंगा – मेरी डॉल्फिन' चलाया गया था, लेकिन इसे सफलता जो मिलनी चाहिए थी, वह नहीं मिल पाई।

डॉल्फिन को स्थानीय भाषा में सूंस भी कहा जाता है, जिसे दिखाई नहीं देता है। राज्य के तत्कालीन परिवहन मंत्री राजा अरि दमन सिंह ने वन विभाग के मुख्यालय अरण्य भवन में प्रतीकात्मक रूप से झंडी दिखाकर अभियान का शुभारंभ किया था, जिसके बाद विभिन्न जिलों में अठारह टीमें नदियों में सर्वेक्षण के लिए निकल पड़ीं थी। यह टीमें सात अक्टूबर 2013 को वापस आई और मुख्यमंत्री अखिलेश यादव ने उस दिन उत्तर प्रदेश में डॉल्फिन की संख्या की घोषणा की, लेकिन वे अस्पष्ट थी।

लुप्तप्रायः घोषित डॉल्फिन भारत का आज भले ही राष्ट्रीय जलीय जीव हो, लेकिन इसके संरक्षण पर विशेष महत्व नहीं दिया जा रहा है, यह बात किसी से छिपी नहीं है। सब जानते हैं कि यह गंगा और उसकी सहायक नदियों के अलावा ब्रह्मपुत्र में पाया जाता है। गहरा और साफ पानी उसके जीवन के मुख्य आधार हैं। लेकिन इनकी संख्या कहीं प्रदूषण तो कहीं शिकार की वजह से निरंतर घट रही है।

उत्तर प्रदेश के मुख्य वन्य जीव संरक्षक रूपक डे कहते हैं, "डॉल्फिन की आबादी से नदी की सेहत का भी पता चलता है, वैसे ही जैसे शेर की आबादी से जंगल की सेहत का।"

रूपक डे उदाहरण देते हैं कि यमुना में दिल्ली से इटावा तक डॉल्फिन नहीं बची हैं, क्योंकि नदी जैविक दृष्टि से मर चुकी है। इटावा के आगे पन्च नदा का पानी मिलने के बाद यमुना की सेहत सुधरते ही फिर डॉल्फिन मिलने लग जाती हैं।

उत्तर प्रदेश वन विभाग यह अभियान विश्व प्रकृति निधि और अठारह अन्य स्वयंसेवी संगठनों के सहयोग से कर रहा है और इसके लिए धन की व्यवस्था एक अंतरराष्ट्रीय बैंक एचएसबीसी कर रहा है। वर्ष 2005 में हुई पिछली गिनती में गंगा और ब्रह्मपुत्र दोनों में

मिलाकर 800 से कम डॉल्फिन बची थीं। उत्तर प्रदेश में इनकी संख्या लगभग छह सौ आंकी गई थी।

बनारस के घाटों पर पहले बड़ी तादाद में डॉल्फिन दिखाई देती थीं। लेकिन अब बड़े गौर से देखने पर इक्का-दुक्का डॉल्फिन ही दिखती हैं। इनकी गिरती आबादी को देखते हुए वर्ष 2010 में भारत सरकार ने डॉल्फिन को वन्य जीव संरक्षण अधिनियम के तहत लुप्तप्राय मानते हुए राष्ट्रीय जलीय पशु घोषित किया था।

विश्व प्रकृति निधि के प्रतिनिधि संदीप बेहेरा ने बताया, “नदियों में जलस्तर का कम होना, प्रदूषण और शिकार के नए तरीके डॉल्फिन की आबादी कम होने के मुख्य कारण हैं।”

यदि जल प्रदुषण रोका नहीं गया तो यह डॉल्फिन ही नहीं मनुष्य के लिए भी खतरनाक साबित होगा। उत्तर प्रदेश में जिन नदियों में सर्वेक्षण का कम होना है, उनमें सबसे प्रमुख है गंगा। विभिन्न टीमें गंगा में बिजनौर से बनारस तक सर्वेक्षण करेंगी। यमुना में मध्य प्रदेश के राज घाट से इलाहाबाद तक, सरयू-घाघरा-राप्ती में गिरिजापुरी बैराज से दोहरीघाट तक सर्वेक्षण होगा। नेपाल से आने वाली गेरुआ नदी में भी सर्वेक्षण का काम होगा। सर्वेक्षण के साथ-साथ नदियों के किनारे जागरूकता अभियान भी चलाया जाएगा। लेकिन डॉल्फिन के संरक्षण के लिए सबसे ज्यादा जरूरी कदम है नदियों में पर्याप्त जल उपलब्ध कराना और प्रदूषण की रोकथाम, जिसमे सबसे बड़ी भूमिका सरकार की है।

विश्व प्रकृति निधि के प्रतिनिधि संदीप बेहेरा ने बताया कि नदी में डॉल्फिन की गिनती के लिए सर्वे टीम के लोग नाव से दस किलोमीटर प्रतिघंटा की गति से चलते हैं, जबकि डॉल्फिन की औसत गति चार से पांच किलोमीटर प्रति घंटा होती है।

उन्होंने बताया कि बोट में बैठे चार लोग एक बार में नदी में करीब सौ मीटर की रेंज में दिखाई देने वाली डॉल्फिन गिनते हैं। फिर इनके औसत के आधार पर अनुमानित संख्या लिखी जाती है।

उनका कहना है कि पिछला सर्वे टुकड़ों-टुकड़ों में अलग-अलग समय पर हुआ था, जबकि इस बार यह एक साथ और ज्यादा व्यवस्थित तरीके से होगा।

डॉल्फिन बोली, 'मेरे पास कचरा पड़ा है!'

डॉल्फिन से कम्यूनिकेट करने के लिए ह्यूमन-टू-डॉल्फिन ट्रांसलेटर बनाने वाले रिसर्चर्स को पहली सफलता मिली है। इस टेक्नोलॉजी के जरिए मिले पहले संदेश में एक डॉल्फिन ने वैज्ञानिक को पास में पड़े समुद्री कचरे की तरफ इशारा किया। इस बातचीत से हैरान हुए वैज्ञानिक और ट्रांसलेटर डिवाइस प्रोजेक्ट के डायरेक्टर डॉक्टर डेनिज हर्जिंग ने कहा कि मुझे यकीन नहीं हो रहा कि हम दोनों में वाकई में कोई मैच है।

डॉल्फिन का संदेश इंसान तक पहुँचाने वाली डिवाइस का नाम सेटासियन हियरिंग ऐंड टेलिमेट्री डिवाइस (चैट) है। इस ट्रांसलेटर डिवाइस में हाइड्रोफोन (पानी में काम करने वाला माइक्रोफोन) लगा है, जो कि डॉल्फिन द्वारा की जाने वाले आवाज (सीटी और खट-खट) को कैप्चर कर लेता है। फिर यह डिवाइस कैप्चर की हुई आवाज को इंसानी भाषा में बदलने की कोशिश करती है। हालाँकि डॉक्टर हर्जिंग डॉल्फिन्स को कुछ शब्द भी सिखा रहे हैं। इससे उनके द्वारा की जाने वाली आवाजों को ज्यादा आसानी से समझा जा सकेगा।

डॉक्टर हर्जिंग ने डॉल्फिन के लिए आठ शब्द डिवेलप किए हैं, जो कि उसके द्वारा की जाने वाली आवाजों से मिलते-जुलते हैं। ये शब्द अलग-अलग परिस्थिति के अनुसार बनाए गए हैं, जैसे समुद्री कचरे

लिए और लहरों में तैरते वक्त। हालाँकि हर्जिंग के अनुसार डॉल्फिन के पास कई चीजों की तरफ इशारा करने के लिए अपने ही शब्द होते हैं।

चैट को डिवेलप करने के लिए डॉक्टर हर्जिंग जल्द ही अटलांटा की जॉर्जिया यूनिवर्सिटी के आर्टिफिशल इंटेलिजेंस एक्सपर्ट थैड स्टार्नर से समझौता करेंगे। दोनों डॉल्फिन द्वारा की जाने वाली आवाजों का विश्लेषण करेंगे और इंटर-स्पेसीज डिक्शनरी बनाएँगे।

डॉल्फिन निहायत सोशल ऐनिमल है। ये अच्छी तरह से किसी टूल का इस्तेमाल कर सकती हैं और खुद को आईने में भी पहचान लेती हैं। साथ ही कई बार ये किसी विशेष व्यक्ति के लिए सीटी जैसी आवाजें भी निकालती हैं। अपने साथियों को शिकार से बचाने के लिए भी अलग तरह की आवाज करती हैं। डॉल्फिन आमतौर पर 2000 किलोहट्‌र्ज की फ्रीक्वेंसी से आवाज निकालती हैं, जो कि इंसान के सुनने की क्षमता का दस गुना है।

बांग्लादेश की नायाब कोशिश

बांग्लादेश की सरकार ने गंगा नदी की डॉल्फिनों को सुरक्षित रखने के लिए एक नायाब कोशिश शुरू की है। बांग्लादेशी सरकार ने दक्षिणी सुंदरबन के पानी में डूबे मैनग्रोव जंगलों के तीन इलाकों को इन डॉल्फिनों या सूंस के लिए सुरक्षित क्षेत्र घोषित किया है। उन्हें बचाने के काम में लगे विशेषज्ञों का कहना है कि सूंस या गंगा नदी में पाई जाने वाली डॉल्फिनें सिर्फ समुद्री वनों में ही जीवित रह सकती हैं। जानकार बताते हैं कि सूंस का अस्तित्व खतरे में है।

आमतौर पर मछुआरे इन डॉल्फिनों को शिकार नहीं बनाते, लेकिन वो कई बार उनके जाल में फँस जाती हैं। इसीलिए बांग्लादेश सरकार ने इन्हें बचाने के लिए मुहिम शुरू कर दी है। वन्यजीव विभाग के एक वरिष्ठ अधिकारी तपन कुमार डे ने बताया, "पूर्वी सुंदरबन के धंगमरी, चंदपाई और दुधमुखी इलाकों को डॉल्फिनगाह घोषित करने का फैसला किया गया है, ताकि वहाँ ये जीव सुरक्षित रह सकें।"

उन्होंने कहा कि बांग्लादेश के वन्यजीव सुरक्षा सोसाइटी ने इन तीन इलाकों की पहचान की थी। अब पर्यावरण मंत्रालय औपचारिक तौर पर इस बारे में एक सरकारी अधिसूचना जारी करेगा।

तपन कुमार डे ने कहा, "इन इलाकों में नाव से आने जाने के रास्तों को स्पष्ट तौर पर चिह्नित किया जाएगा और जगह-जगह पर सूचनापट लगाए जाएँगे, ताकि स्थानीय मछुआरे यहाँ मछली पकड़ने न जाएँ।"

पर्यावरण विशेषज्ञों का कहना है कि सुंदरबन की पारिस्थितिकी कुछ किस्म की व्हेलों, डॉल्फिनों और ऐसे ही कई समुद्री जीवों को बहुत अच्छी तरह माफिक आती हैं। गंगा में पाई जाने वाली डॉल्फिन उत्तरी सुंदरबन में सुरक्षित रह सकती हैं, तो इरावाडी डॉल्फिन बंगाल की खाड़ी के नजदीक वाले दक्षिणी हिस्से में। बांग्लादेश के वन्यजीवन विभाग का ये फैसला ऐसे समय पर किया गया है, जब पश्चिमी सुंदरबन में मीठे पानी की डॉल्फिनों के अलावा एक इंडो-पैसिफिक हंपबैक डॉल्फिन नजर आने की खबर है। बांग्लादेश वन्यजीव सोसाइटी ने इस महीने की शुरुआत में सुंदरबन के पश्चिमी हिस्से में नौ दिन

तक सर्वेक्षण किया था, जिसके दौरान डॉल्फिनों की ये किस्में दिखाई दीं। सोसाइटी के प्रमुख शोधकर्ता रुबाइयत मंसूर मॉगली ने बताया, "हमने इस साल बारिश के बाद कई डॉल्फिनें देखीं, जब पानी में खारेपन की कमी थी।"

हालाँकि उन्होंने ये भी कहा कि नई डॉल्फिनों के वहाँ नजर आने से ये बात साबित नहीं होती कि सुंदरबन में उन्होंने रहना शुरू कर दिया है। दो साल पहले शोधकर्ताओं ने कहा था कि इन इलाकों में लगभग 6000 इरावाडी डॉल्फिनें हैं।

इंसान की तरह हैं डॉल्फिन

भारत सरकार ने माना है कि डॉल्फिन एक ऐसा जीव है, जिसकी समझ-बूझ इंसानों से तुलनीय है, इसलिए उन्हें भी जीने के वैसे ही अधिकार मिलने चाहिए जैसे इंसानों को।

भारत से लोग खासतौर से थाईलैंड और सिंगापुर में डॉल्फिन पार्क देखने जाते हैं। अधिकतर लोगों ने सफेद और काली चमड़ी वाले इन समुद्री जानवरों को टीवी विज्ञापनों या फिर फिल्मों में ही देखा है। हाल ही में भारत में डॉल्फिन पार्क बनाए जाने की योजना बनी। इन्हें राष्ट्रीय राजधानी नई दिल्ली, मुंबई और कोच्चि में बनाया जाना था। लेकिन कोच्चि में डॉल्फिन पार्क का निर्माण शुरू होते ही पर्यवारणविदों ने प्रदर्शन शुरू कर दिए। वे इन जानवरों को मनोरंजन का जरिया बनाने के खिलाफ थे। इन प्रदर्शनों को देखते हुए सरकार ने अब डॉल्फिन पार्क बनने पर रोक लगा दी है। भारत सरकार ने डॉल्फिन को नॉन ह्यूमन पर्सन या गैर मानवीय जीव की श्रेणी में रखा है। यानी ऐसा जीव जो इंसान न होते हुए भी इंसानों की ही तरह जीना जानता है और वैसे ही जीने का हक रखता है। इसके साथ ही भारत दुनिया

का चौथा ऐसा देश बन गया है, जहाँ सिटेशियन जीवों को मनोरंजन के लिए पकड़ने और खरीदे जाने पर रोक लगा दी गई है। भारत के अलावा कोस्टा रिका, हंगरी और चिली में भी ऐसा ही कानून है।

भारत के पर्यावरण और वन मंत्रालय ने राज्य सरकार से हर तरह के डॉल्फिनेरियम पर रोक लगाना को कहा है। एक बयान में मंत्रालय ने कहा है, "डॉल्फिन को नॉन ह्यूमन पर्सन के रूप में देखा जाना चाहिए और इसलिए उनके अपने कुछ अधिकार होने चाहिए।" पर्यावरणविद सरकार के इस फैसले से बहुत खुश हैं। फेडरेशन ऑफ इंडियन एनिमल प्रोटेक्शन ऑरगेनाइजेशन (एफआईएपीओ) की पूजा मित्रा ने डॉयचे वेले से बातचीत में कहा कि इससे भारत में जानवरों को बचाने की मुहिम पर असर पड़ेगा।

डॉल्फिन को अधिकार दिलाने की मुहिम शुरू हुई 2011 में फिनलैंड में। उस समय दुनिया भर से वैज्ञानिक और पर्यावरणकर्ता राजधानी हेलसिंकी में जमा हुए और डिक्लेरेशन ऑफ राइट्स फॉर सिटेशियन पर हस्ताक्षर किए। जल जीवन पर काम कर रही जानी मानी वैज्ञानिक लोरी मरीनो भी वहाँ मौजूद थीं। उन्होंने इस बात के प्रमाण दिए कि सिटेशियन जीवों के पास मनुष्यों की ही तरह बड़े और पेचीदा दिमाग होते हैं। इस कारण वे काफी बुद्धिमान होते हैं और आपस में संपर्क साधने में काफी तेज भी। उन्होंने अपने शोध में दर्शाया है कि डॉल्फिन में भी इंसानों की ही तरह आत्मबोध होता है। साथ ही वे इतने समझदार होते हैं कि औजारों से काम करना भी सीख लेते हैं।

हर डॉल्फिन एक अलग तरह की सीटी बजाता है, जिस से कि उसकी पहचान हो सकती है। इसी से वह अपने परिवारजनों और दोस्तों को पहचानते हैं। पूजा मित्रा बताती हैं, "वे अपने परिवार से बहुत जुड़े होते हैं। उनकी अपनी ही संस्कृति होती है, शिकार करने

के अपने ही अलग तरीके और बोलचाल के भी। लेकिन डॉल्फिन की यही काबिलियत उनकी दुश्मन बन गई है। वे इतने समझदार होते हैं कि लोग उन्हें तमाशा करते देखना पसंद करते हैं। दुनिया भर में सबसे अधिक डॉल्फिन पार्क जापान में हैं। यहीं सबसे अधिक डॉल्फिन पकड़े भी जाते हैं।"

मित्रा बताती हैं कि डॉल्फिन को पकड़ने का काम हिंसा से भरा होता है, "वे डॉल्फिन के पूरे झुंड को पकड़ लेते हैं, फिर वे मादा डॉल्फिन को अलग करते हैं, जिनके शरीर पर कोई निशान ना हो और जिन्हें पार्क में इस्तेमाल किया जा सके, बाकियों को अधिकतर मार दिया जाता है।"

डॉल्फिन खुले पानी में तैरने के आदि होते हैं और रास्ता ढूँढ़ने के लिए वे सोनार यानी ध्वनि की लहरों का इस्तेमाल करते हैं। लेकिन जब उन्हें पकड़ कर टैंक में रख दिया जाता है, तो वे बार-बार टैंक की दीवारों से टकराते हैं। इससे वे तनाव में आ जाते हैं और खुद को नुकसान भी पहुंचाने लगते हैं। दीवारों से टकराने के कारण कई बार उन्हें चोटें आती हैं या फिर दाँत टूट जाते हैं। यह सब देखते हुए भारत का यह कदम दूसरे देशों के लिए सीख बन सकता है। भारत 2020 तक गंगा में मौजूद डॉल्फिन को बचाने की मुहिम भी चला रहा है।

मित्रता में अव्वल

डॉल्फिन की खास विशेषता यह भी होती है कि वह जिस भी प्राणी से मित्रता कर लेती है, उसे पूरी ईमानदारी के साथ निभाती है। इसका व्यवहार एकदम सामाजिक प्राणियों की तरह ही होता है। बच्चों से मित्रता करना इसे बेहद पसंद है और उन्हें विभिन्न प्रकार से कलाबाजी करके रिझाती भी है। डॉल्फिन की मित्रता को परखने के लिए व्यापक

अनुसंधान हुआ है और यह अपने मित्रवत् गुणों में एकदम खरी उतरी है। सिंगापुर के वांगचुक नामक एक अनुसंधान शास्त्री का कहना है कि डॉल्फिन जिस किसी से भी मित्रता कर लेती है, उसे जीवन-भर निभाती है और यदि मित्रता मनुष्य के साथ है, तो मानव के शरीर के हाव-भाव देखकर उसके सुख-दुःख को परख लेती है। इतना ही नहीं, छोटे बच्चों से तो यह मित्रता के साथ-साथ इतना लगाव रखती है कि उनका ध्यान अभिभावक की तरह रखना चाहती है, लेकिन जलचर होने से विवश रहती है, यदि इसके पैर होते तो मनुष्य के बच्चों की सबसे बड़ी अभिभावक सिद्ध होती। निस्संदेह डॉल्फिन के अन्दर जो

आदर्श गुण हैं, उन्हें देखते हुए इसे राष्ट्रीय जलचर का दर्जा दिया जाना उचित ही है।

अंधी डॉल्फिन

गंगा नदी में मिलने वाली डॉल्फिन अपने आप में अनूठी है। यह देख नहीं सकती। पर पिछले कुछ सालों में इस डॉल्फिन की संख्या में काफी तेजी से कमी आई है। जब बात बनारस शहर की हो रही हो तो मन में क्या ख्याल आता है? मंदिरों और वहाँ बज रही घंटियों की आवाज, साधू बाबा, पूजा कर रहे लोग। क्या मन में डॉल्फिन का भी ख्याल आता है? कभी, नहीं ना। लेकिन बनारस शहर डॉल्फिंस के मामले में अनोखा कहा जा सकता है। यहाँ जिस तरह की डॉल्फिन मिलती है, वह अपने आप में काफी दुर्लभ मानी जाती है।

इस डॉल्फिन के बारे में बताने से पहले हम तुम्हें इस जीव की कुछ खासियत बताते हैं। ये तो तुम सभी को पता ही होगा कि डॉल्फिन पानी में रहती हैं। कई बार ये पानी पर तैरते बैलून वाले खिलौने की तरह भी दिखती हैं। डॉल्फिन भारत और पाकिस्तान में खूब मिलती हैं। ये अंधी होती हैं। लेकिन इसका मतलब यह नहीं है कि इनकी आँखें नहीं होतीं। आँखें तो होती हैं, लेकिन इसमें लेंस नहीं होते हैं।

भारतीय थिएटर जगत से जुड़े फैजल अल्काजी और प्रीति जैन ने अपनी किताब में एक रिपोर्ट 'एक्सप्लोरिंग द रिवर ऑफ माई टाउन' के हवाले से बताया है, '10 साल पहले हमारे यहाँ करीब 6,000 डॉल्फिन पाई जाती थीं। ये गंगा में अपनी उछल-कूद, कलाबाजियों और अटखेलियों की वजह से बनारस के लोगों के लिए एक तरह से मनोरंजन का साधन हुआ करती थीं। आज मुश्किल से गंगा नदी में 3,000 डॉल्फिन ही रह गई हैं।'

अब तुम सब सोच रहे होंगे कि ऐसा क्यों हुआ? इसके पीछे की वजहों को समझना बहुत ज्यादा मुश्किल नहीं है। हाल में गंगा में बढ़ रहे प्रदूषण से ज्यादा चर्चा शायद ही किसी और नदी के लिए की जा रही होगी। गंगा में टॉकिसन कीटनाशक के स्तर में बढ़ोत्तरी के पीछे एक बड़ी वजह है इसका खेतों में ज्यादा इस्तेमाल होना।

कृषि क्षेत्रों से आने वाला पानी कई बिंदुओं से होकर गंगा में मिल जाता है। किसान इस कीटनाशक का प्रयोग सालों से करते आ रहे हैं। यह पानी में रह रहीं डॉल्फिन के शरीर में फैट (वसा) के रूप में जमा हो जाता है, जो धीरे-धीरे इनकी मृत्यु का कारण बनता है।

पहले डॉल्फिन प्रजनन के दौरान एक जगह से दूसरी जगह पर चली जाती थीं, लेकिन जब से फरक्का बैराज का निर्माण शुरू हुआ है, उनकी यात्रा मानों ठहर-सी गई है। इस वजह से भी उनके प्रजनन में कमी आ गई। बैराज एक तरह का मानव निर्मित डैम होता है, ताकि पानी के बहाव को नई दिशाओं की तरफ मोड़ दिया जा सके। एक और बड़ी वजह मछुआरों के द्वारा इस्तेमाल हो रहे नायलॉन के जाल हैं। इसमें अधिकांश डॉल्फिन फँस जाती हैं और इन्हें मार दिया जाता है। डॉल्फिन का तेल मछुआरों द्वारा कैट फिश के चारे के रूप में इस्तेमाल किया जाता है।

डॉल्फिन की स्थिति पाकिस्तान में भी बहुत बेहतर नहीं है। पहले वहाँ डॉल्फिन का सिंधु नदी की 2,800 किलोमीटर की लंबाई वाले क्षेत्र में निवास हुआ करता था, जो अब सिमटकर दो डैम के बीच महज 170 किलोमीटर ही रह गया है। इनको लेकर एक महत्वपूर्ण तथ्य यह भी है कि डॉल्फिन को खाद्य श्रृंखला में सर्वश्रेष्ठ स्थान प्राप्त है।

डॉल्फिन के स्वस्थ रहने का यह संकेत है कि खाद्य श्रृंखला में किसी तरह का दखल नहीं है और प्रकृति में बेहतर संतुलन बना हुआ

है। इसका यह भी मतलब है कि नदी की प्रणाली और आस-पास के पारिस्थितिक तंत्र भी स्वस्थ हैं। यह दुखद तब होता है जब खाद्य श्रृंखला का सबसे बड़ा जन्तु बर्बादी और मृत्यु का संकेत देने लगता है। इसका मतलब है कि पर्यावरण में जरूर कुछ बड़ा असंतुलन हो गया है। इसलिए तुम सभी को भी नदी में गंदगी फेंकने से बचना चाहिए और अपने मम्मी-पापा से भी कहना चाहिए कि वे किसी भी तरह की गंदगी को यमुना नदी में न बहाएं।

डॉल्फिन दिवस

बिहार के पूर्व मुख्यमंत्री नीतीश डॉल्फिनों को बेहद प्रेम करते हैं। गंगा नदी में बढ़ते प्रदूषण के कारण उक्त नदी में डॉल्फिन की संख्या में कमी आने पर चिंता जताते हुए उनका कहना है कि प्रदेश में डॉल्फिन

की रक्षा के लिए एक शोध केंद्र स्थापित किया जाना चाहिए। उनका कहना है कि मछुआरा समाज सहयोग के बिना डॉल्फिन की सुरक्षा संभव नहीं है।

गंगा नदी की स्थिति को देखकर रोना आता है और फरक्का बांध सहित अन्य कारणों की वजह से उसके प्रवाह में रुकावट और उसको प्रदूषित किए जाने से अनेक समस्याएं उत्पन्न हुई हैं। उनका कहना है कि अब बिहार सरकार ने डॉल्फिन संरक्षण के लिए प्रत्येक वर्ष पाँच अक्टूबर का दिन डॉल्फिन दिवस के रूप में मनाने का निर्णय लिया है, जो अच्छी बात है। डॉल्फिनों की तादाद में लगातार हो रही कमी की वजह उनका लगातार हो रहा शिकार व गंगा का प्रदूषण बताया जा रहा है।

डॉल्फिन को बचाना एक बड़ी चुनौती

गुजरात के बड़ोदरा के पास एक गाँव में ढाढर नदी में भी डॉल्फिनों पर प्राकृतिक कहर बरपाए जाने की घटनाएँ यदा-कदा होती रहती हैं, यही कारण है कि यहाँ कई बार ये मृत अवस्था में मिल चुकी हैं। 2014 में तत्कालीन जिला वन अधिकारी रंजन एल पटेल ने बताया था कि बड़ोदरा से करीब 60 किलोमीटर दूर जम्बूसर तालुका के मागनद गाँव में कई बार मृत डॉल्फिन मिली हैं। 2014 में आठ फुट लंबी डॉल्फिन शायद खंभात की खाड़ी में आए ज्वार-भाटा के साथ आ गई थी, लेकिन ढाढर नदी में गहराई की कमी के चलते तैरकर वापस नहीं जा पाई और वहीं मर गई। ऐसी घटनाएँ पहले दक्षिण गुजरात में ताप्ती नदी के तट से मिल चुकी हैं।

तमाम प्रयासों के बाद भी डॉल्फिन को बचाना सरकार के लिए एक बड़ी चुनौती बनी है। कहलगाँव स्थित एनटीपीसी थर्मल पावर ने

वाटर ट्रीटमेंट प्लांट लगाया हुआ है, लेकिन कभी-कभी प्लांट से गर्म राख मिश्रित पानी गंगा में गिरते देखा जाता है। करीब डेढ़-दो साल पूर्व कहलगाँव में गंगा में बड़ी संख्या में मछलियाँ तड़प-तड़प कर मर गई थीं। थर्मल पावर का पाइप फट जाने के कारण गर्म पानी व राख की वजह से गंगा में मछलियाँ व अन्य जलीय जीव मर गए थे। जाहिर है कि जलीय जीवों के लिए गंगा का प्रदूषण जानलेवा है।

संतोष सारंग का कहना है कि जलीय जीवों में डॉल्फिन एक महत्वपूर्ण जीव है। नदियों के पारिस्थितिकी तंत्र को सुरक्षित रखने, भोजन की प्रक्रिया को बनाए रखने एवं पर्यावरण को संरक्षित रखने के लिए डॉल्फिन को बचाना जरूरी है।

गंगा एवं उसकी सहायक नदियाँ, नेपाल से निकलने वाली नदियाँ इस जलचर जीव के जीवन, प्रजनन व अठखेलियों के लिए अपना जल संसार न्यौछावर करती रही हैं, लेकिन अब मैली होती गंगा व उसकी सहायक नदियों में डॉल्फिन की संख्या घटना चिंता का विषय है। इस चिंता के बीच डॉल्फिन बचाने का प्रयास भी हो रहा है, जो स्वागतयोग्य है। बिहार में सुल्तानगंज से लेकर बटेश्वरस्थान (कहलगाँव) तक का गंगा का 60 किलोमीटर का जल क्षेत्र 1991 में 'विमशीला डॉल्फिन अभयारण्य' घोषित किया गया।

पटना विश्वविद्यालय के जंतु विज्ञान के प्राध्यापक डॉ. रविन्द्र कुमार सिन्हा के प्रयास से ही गांगेय डॉल्फिन को राष्ट्रीय जलीय जीव घोषित किया गया एवं इसके शिकार पर प्रतिबंध लगाया गया। यह डॉल्फिन संरक्षित क्षेत्र तब से इको टयूरिम के दृष्टिकोण से महत्वपूर्ण स्थल बन गया है।

एक अनुमान के मुताबिक, 10 साल पहले इस संरक्षित क्षेत्र में करीब 100 डॉल्फिन थे। आज इसकी संख्या बढ़कर 160-70 हो गई है। यह

सरकारी-गैरसरकारी संगठनों के प्रयासों का नतीजा है। यहाँ ब्लाइंड रिवर डॉल्फिन प्रजाति की डॉल्फिन पाई जाती है। इसका दूसरा नाम गंगेटिक डॉल्फिन है। एक सर्वेक्षण के अनुसार, भारत, नेपाल, बांग्लादेश में करीब 3200 डॉल्फिन बची है। चीन की नदियों में डॉल्फिन 2006 में ही पूरी तरह खत्म हो गई। खुशी की बात है कि बिहार में अब भी करीब 1200-1300 डॉल्फिन के बचे होने का अनुमान है।

डॉल्फिन के प्रति मछुआरों व आम लोगों को जागरूक करने एवं इस जलीय जीव की जिंदगी बचाने के उद्देश्य से भारत सरकार ने 2010 में बिहार के मुख्यमंत्री नीतीश कुमार की सलाह पर डॉल्फिन को राष्ट्रीय जलीय जीव घोषित किया था। 5 अक्टूबर 2013 को पहली बार 'डॉल्फिन डे' मनाया गया। इस दिन बिहार के मुख्यमंत्री ने डॉल्फिन पर उत्कृष्ट काम करने के लिए डॉ. गोपाल शर्मा को प्रशस्ति पत्र देकर सम्मानित किया था। इस मौके पर मुख्यमंत्री ने गंगा में बढ़ते प्रदूषण के कारण डॉल्फिन की घटती संख्या को लेकर चिंता व्यक्त करते हुए राय में इस राजकीय जलीय जीव की रक्षा के लिए एक अंतरराष्ट्रीय शोध केंद्र स्थापित करने की घोषणा की थी।

गंगा का इतना विस्तृत क्षेत्र छोड़कर भागलपुर के इस जल क्षेत्र को संरक्षित क्षेत्र घोषित करने के पीछे कुछ इकोलॉजिकल कारण रहे हैं। भारतीय प्राणी सर्वेक्षण, गंगा समभूमि प्रादेशिक केंद्र, पटना के प्रभारी सह वैज्ञानिक डॉ. गोपाल शर्मा का कहना है कि यहाँ गंगा की गहराई डॉल्फिन के विचरण-प्रजनन के लिए अनुकूल है। पानी का वॉल्यूम अच्छा है। नदी के दोनों किनारे फिक्स रहते हैं। कटाव की समस्या नहीं है। ये सब स्थितियाँ डॉल्फिन के अनुकूल हैं।

भागलपुर वन प्रमंडल के वन परिसर पदाधिकारी वीरेंद्र कुमार पाठक कहते हैं कि वन विभाग के पास संसाधन नहीं है। मोटरबोट हैं, तो

खराब पड़े हैं। नाव भाड़े पर लेना पड़ता है। इसके बावजूद साल में दो-तीन बार विभाग की टीम पेट्रोलिंग करती है।

डॉल्फिन का शिकार न हो इसके लिए डॉल्फिन मित्र बनाया गया है। मछुआरों को सख्त हिदायत है कि वे मछलियों को पकड़ने के लिए करेंटी जाल (मोनोफिलामेंट गिलमेड) न लगाएँ, पर चोरी-छिपे वे यह जाल लगा देते हैं। इस जाल में डॉल्फिन आसानी से फंस कर मर जाता है। सबसे अधिक किलिंग इसी जाल से होती है। समय-समय पर मछुआरों को जागरूक करने का कार्यक्रम चलाया जाता है, ताकि छोटी मछलियों का शिकार न किया जाए। छोटी मछलियाँ डॉल्फिन का आहार है।

मछुआरों के आंदोलन व गंगा दस्यु के गैंगवार के कारण डॉल्फिन संरक्षण में विभाग को परेशानी होती है। पुलिस-प्रशासन की भी पूरी मदद नहीं मिलती है। वन विभाग की मानें तो हाल के वर्षों में इंडियन वाइल्ड लाइफ प्रोटेक्शन एक्ट 1971 के प्रावधानों के बारे में मछुआरों को जागरूक करने व विभागीय सख्ती के कारण डॉल्फिन की किलिंग रुकी है। पटना में भी डॉल्फिन का शिकार कम हुआ है। बिहार ट्यूरिज्म डेवलपमेंट कॉरपोशन के प्रबंधक मुकेश कुमार का कहना है कि पर्यटन विभाग जल पर्यटन को बढ़ावा देने के लिए प्रयासरत है।

2009 से गंगा में सुमाफा क्रूज एवं आरबी बंगाल क्रूज का संचालन किया जा रहा है।

जब से ये दो क्रूज चलाए जा रहे हैं, तब से डॉल्फिन सेंचूरी घूमने देसी-विदेशी सैलानी पहुँच रहे हैं। साल में करीब 1000 सैलानी यहाँ आते हैं। विभाग की योजना और क्रूज चलाने की है। हालाँकि, इन तमाम प्रयासों के बाद भी डॉल्फिन को बचाना सरकार के लिए एक बड़ी चुनौती बनी है।

कहलगाँव स्थित एनटीपीसी थर्मल पावर ने वाटर ट्रीटमेंट प्लांट लगाया हुआ है, लेकिन कभी-कभी प्लांट से गर्म राख मिश्रित पानी गंगा में गिरते देखा जाता है।

करीब डेढ़-दो साल पूर्व कहलगांव में गंगा में बड़ी संख्या में मछलियाँ तड़प-तड़प कर मर गई थीं। थर्मल पावर का पाइप फट जाने के कारण गर्म पानी व राख की वजह से गंगा में मछलियाँ व अन्य जलीय जीव मर गए थे। जाहिर है कि जलीय जीवों के लिए गंगा का प्रदूषण जानलेवा है।

एक नई प्रजाति की खोज

एक तरफ जहाँ डॉल्फिन के अस्तित्व पर खतरा मंडरा रहा है, वहीं इसकी एक नई प्रजाति भी खोजी गई है।

ऑस्ट्रेलिया के उत्तरी तट के निकट हंपबैक डॉल्फिन की एक नई प्रजाति की मछलियाँ देखी गई हैं। अपने पिछले पंखों के ठीक नीचे एक विशेष कूबड़ के चलते हंपबैक डॉल्फिन के नाम से जानी जाने वाली इन मछलियों की लंबाई आठ फुट तक हो सकती है और इनका रंग गहरा स्लेटी, गुलाबी या सफेद हो सकता है।

यह प्रजाति सामान्यत पूरे प्रशांत एवं हिंद महासागर से लेकर ऑस्ट्रेलिया के तटों पर समुद्री जल, डेल्टा और ज्वारनदमुख में पाई जाती हैं।

अमेरिकन म्यूजियम ऑफ नैचुरल हिस्ट्री के वन्यजीव संरक्षण सोसाइटी के शोधकर्ता ने इस स्तनपायी जलीय जीव की विलुप्त प्रजातियों की संख्या का पता लगाने के लिए भौतिक एवं आनुवांशिक आँकड़ों का अध्ययन कर इसके विकास इतिहास का पता लगाया है।

डब्ल्यूसीएस के लातिन अमेरिका और कैरेबियाई कार्यक्रम के सह

निदेशक एवं इस अध्ययन के प्रमुख लेखक डॉक्टर मार्टिन मेंडिज कहते हैं कि हमारे संयुक्त रूपात्मक एवं आनुवांशिक अध्ययन के निष्कर्षों के आधार पर हम यह कह सकते हैं कि 'हंपबैक डॉल्फिन' की कम-से-कम चार प्रजातियाँ हैं।

मेंडिज ने हंपबैक डॉल्फिन की कम-से-कम चार प्रजातियों के पहचान की बात कही है, जिसमें पश्चिम अफ्रीका से सटे पूर्वी अटलांटिक

हंपबैक डॉल्फिन, मध्य से लेकर पश्चिमी हिंद महासागर में पाई जाने वाली इंडो-पैसीफिक हंपबैक डॉल्फिन और पूर्वी हिंद से लेकर पश्चिम प्रशांत महासागर में पाई जाने वाली इंडो-पैसिफिक हंपबैक डॉल्फिन के अलावा उत्तरी ऑस्ट्रेलिया के तट के निकट हंपबैक डॉल्फिन की एक चौथी प्रजाति पाई गई है, जिसका नाम अभी तक तय नहीं किया गया है।

जासूस डॉल्फिन

समुद्र में डॉल्फिन देखकर किसी को भी अच्छा लग सकता है। वाटर पार्क्स में वह लोगों को मनोरंजन भी करती है। कभी यह भी हो सकता है कि वह कमांडो की तरह काम करे। अमेरिकी सेना ऐसा कर समझ रही है। वह डॉल्फिन को इस तरह की ट्रेनिंग दे रही है कि वह दुश्मन की सेना या आतंकवादियों को समुद्र में ही मार गिराए।

डॉल्फिन को बुद्धिमान जीव समझा जाता है। उसमें खुफिया काम करने के गुण भी होते हैं। उसे अगर प्रॉपर ट्रेनिंग दी जाए तो वह सेना के बहुत काम आ सकती है। इराक युद्ध के समय अमेरिकी सेना ने डॉल्फिन की मदद से बंदरगाहों के पास बारूदी सुरंगों की पहचान की थी और उन्हें निष्क्रिय किया था। अमेरिकी सेना आज भी उसे बड़ी उपलब्धि मानती है।

बचाव अभियान

बच्चों, तुम जानते ही हो कि अपनी खास विशेषताओं के लिए जानी जाने वाली डॉल्फिन के जीवन पर भी संकट मंडरा रहा है। यह बात अलग है कि छोटी मछलियों को निगलने में डॉल्फिन को बहुत मजा आता है।

प्लेटेनिस्टा गंगेटिका नामक यह जीव लंबे नोकदार मुँह वाली होती है और इसके ऊपरी तथा निचले जबड़ों में दाँत भी दिखाई देते हैं। इनकी आँखों में लेंस नहीं होता और इसलिए ये सिर्फ प्रकाश की दिशा का पता लगाने के साधन के रूप में कार्य करती हैं। डॉल्फिन मछलियाँ एक पंख के साथ तैरती हैं और गहराई में छोटी मछलियों की तलाश में जाती हैं। छोटी मछलियों को निगलने में डॉल्फिन को बहुत मजा आता है। डॉल्फिन मछलियों का शरीर मोटी त्वचा और हल्के भूरे-स्लेटी त्वचा शल्कों से ढका होता है और कभी-कभार इसमें गुलाबी रंग की चमक भी होती है। इसके पंख बड़े होते हैं, लेकिन एक पंख तिकोना और कम विकसित होता है। इस स्तनधारी जंतु का माथा एकदम सीधा खड़ा होता है। इसकी आँखें छोटी-छोटी होती हैं। डॉल्फिन मादा मछली नर मछली से बड़ी होती है।

इन्हें स्थानीय तौर पर सुसु भी कहा जाता है, क्योंकि यह सांस लेते समय ऐसी ही आवाज निकालती है। इस प्रजाति को भारत, नेपाल, भूटान और बांग्लादेश की गंगा, मेघना और ब्रह्मपुत्र नदियों में तथा बांग्लादेश की कर्णफूली नदी में देखा जा सकता है। नदी में पाई जाने वाली डॉल्फिन भारत की एक महत्त्वपूर्ण प्रजाति है। इस प्रजाति पर जीवित रहने का संकट भी है, इसलिए इसे वन्य जीवन (संरक्षण) अधिनियम, 1972 में शामिल किया गया है। इस प्रजाति की संख्या में गिरावट के मुख्य कारण हैं अवैध शिकार, नदी के घटते प्रवाह और भारी तलछट। बैराज के निर्माण के कारण इनका यहाँ रहना मुश्किल होता है।

गंगा नदी के किनारे रहने वाले भी इसके सही रूप को देख नहीं पाते, क्योंकि यह सिर्फ सांस लेने के लिए पानी से ऊपर आती है और तुरंत गायब हो जाती है। स्वभाव से यह काफी शर्मीली होती

है। इंसानों को देखते ही दूर चली जाती है। सबसे चौंकाने वाली बात यह है कि गंगा की डॉल्फिन देख नहीं सकती। यह अंधी होती है। अंधी होने के बावजूद यह अच्छी तैराक भी होती है और गहरे पानी में रहना पसंद करती है। यह शिकार को पकड़ने और देखने के लिए ध्वनि तरंगों का उपयोग करती है। इसकी लंबाई 5 से 8 फीट के करीब होती है और इसका वजन 90 किलोग्राम के आसपास होता है।

गंगेटिक डॉल्फिन मछलियों, मेंढकों और कछुओं की विभिन्न प्रजातियों के साथ ही अन्य जलीय जंतुओं को खाती है। हालाँकि मछली इसका मुख्य भोजन है। यह भोजन की तलाश में अकसर नदी के किनारे अपना समय बिताती है।

इसे गंगेटिक डॉल्फिन इसीलिए कहा जाता है, क्योंकि इस प्रजाति

की डॉल्फिन को सबसे पहले गंगा में देखा गया। इसका वैज्ञानिक नाम पलतानिस्ता गंगेटिक है। इस डॉल्फिन को साउथ एशिया की कई नदियों में देखा जा सकता है। गंगा के अलावा यह डॉल्फिन ब्रह्मपुत्र, मेघना, कर्णफुली और संगू आदि नदियों में भी पाई जाती है। गंगा डॉल्फिन उन चार डॉल्फिनों में से है, जो सिर्फ मीठे पानी यानी नदियों और तालाबों में पाई जाती हैं। चीन में यांग्त्से नदी में बायजी डॉल्फिन, पाकिस्तान की सिंधु नदी में भुलन डॉल्फिन और दक्षिण अमेरिका की अमेजन नदी में बोटो डॉल्फिन पाई जाती हैं, जो खत्म होने की कगार पर हैं।

भारत में 1972 के वन संरक्षण कानून में ही इन डॉल्फिनों को लुप्त होने वाले जीवों में शामिल किया गया। भारतीय उपमहाद्वीप में सिर्फ 2000 गंगा डॉल्फिन बची हैं। डॉल्फिन यूँ तो पानी में रहती है, लेकिन करीब तीन मिनट में डॉल्फिन एक बार सांस लेने के लिए पानी से बाहर जंप करती है, इसी के कारण गिनती में आसानी होती है। चीन की बैजी नदी की डॉल्फिन 2 करोड़ सालों ने मौजूद थी, लेकिन चीन के औद्योगीकरण की बलि चढ़ गई। 2006 में इसे विलुप्त मान लिया गया।

रोमानिया की संसद में पिछले दिनों एक विधेयक पेश किया गया, जिसमें डॉल्फिन को मारना बड़ा अपराध मानकर अपराधी को मानव हत्या के समान दंड देने की व्यवस्था की गई है। यह विधेयक आस्कर विजेता फिल्म निर्देशक और सांसद रेमुस सेरेनस ने संसद में पेश किया है और कहा है कि डॉल्फिन को मानवाधिकार कानून के दायरे में लाना जाना चाहिए।

विधेयक पेश करने वाले सेरेनस (39) ने कहा कि यह समुद्री जंतु बेहद संवेदनशील, अत्यधिक बुद्धिमान और मनुष्य की तरह ही स्थिति को

समझता है इसलिए डॉल्फिन को 'नान ह्यूमन पर्सन्स' के रूप में मान्यता दी जानी चाहिए। डॉल्फिन की रक्षा के लिए यह कानून बेहद जरूरी है। डॉल्फिन काला सागर क्षेत्र के रोमानिया मूल का प्राणी है।

रोमानिया यदि इस जीव के संरक्षण के लिए कानून बनाता है, तो पूरी दुनिया में सकारात्मक संदेश जाएगा और डॉल्फिन का संरक्षण आसान हो जाएगा।

हमसे श्रेष्ठ हैं डॉल्फिन

जीव-जन्तुओं को प्रायः निरीह नासमझ माना जाता और समझा जाता है कि उनका सहचार्य मनुष्य को मात्र विनोद मनोरंजन ही दे सकता है, पर यह संपूर्ण सत्य नहीं है कुछ जन्तु ऐसे भी होते हैं, जो जो सहकारी वृत्ति के होते और मन बहलाव करने के अतिरिक्त मनुष्य की तरह तरह की सहायता करते हैं। यदि किसी कार्य विशेष के लिए प्रशिक्षण किया जा सके, तो वे उस क्षेत्र में और भी अधिक बड़ी योग्यता का प्रदर्शन करते हैं। इन्हीं में से एक है - डॉल्फिन मछली।

ये मछलियाँ इतनी परोपकारी होती है कि जल क्रीड़ा अथवा स्नान के मध्य यदि किसी व्यक्ति का जीवन संकट में पड़ जाए, इसका पता डॉल्फिनों को चल जाए, तो वे तुरन्त संकट ग्रस्त की सहायता के लिए प्रस्तुत होती देखी जाती हैं।

घटना सन् 1943 की है फ्लोरिडा के समुद्र तट पर एक दिन मार्था नामक एक महिला स्नान कर रही थी, वहाँ पर तट कुछ ढलवा था कमर तक जल में पहुंचकर जैसे ही डुबकी लगाने लगी, उसके पैर अचानक फिसल जाने के कारण वह गिर पड़ी और सारा जल फेफड़ों में जाने के कारण वह बेहोश हो गई। दुर्भाग्यवश आस पास कोई नहीं था, फलतः उसे किसी की सहायता नहीं मिल सकी। उसी समय वहाँ से

एक व्यक्ति गुजर रहा था। उसने देखा कि समुद्री जल में एक मानव का शरीर डूबता उतराता शनैःशनैः तीर की तरह अग्रसर हो रहा है। उत्सुकतावश उसे देखने और उसकी विलक्षण गति का रहस्य जानने के लिए वह रुक गया। शरीर पूर्ववत् किनारे की ओर बढ़ता चला आ रहा था। जब वह व्यक्ति तट के अत्यंत समीप आया, तो देखा कि एक बड़ी डॉल्फिन मछली उस मानव शरीर को अपनी पीठ पर लादे प्रयत्नपूर्वक समुद्रतल की ओर ला रही है। जब वह किनारे पर बिलकुल छिछले जल में पहुँच गया, उस शरीर को वहीं छोड़ कर विशाल जल राशि में कहीं अदृश्य हो गई। यात्री ने जब अपना निरीक्षण किया, तो उसे अपने जीवन के कुछ लक्षण दिखाई पड़े। वह उसे पानी से बाहर लाया और फेफड़ों में घुसे पानी को प्रयासपूर्वक निकालने लगा। इस क्रिया में मार्था की चेतना धीरे-धीरे वापस लौट आई, तब उसने उस व्यक्ति से अपने डूबने की घटना सुनाई और अजनबी से उसे डॉल्फिन द्वारा बचा लिए जाने का आँखों देखा विवरण बताया। इसे सुनकर मार्था ने अपने भाग्य को सराहा और घर चली गई, पर वह व्यक्ति जन्तु विज्ञान का मूर्धन्य प्रोफेसर डॉ. बी. एरलैण्डसन था। उनके मन में जब यह जिज्ञासा उत्पन्न हुई कि डॉल्फिन ने संयोगवश मार्था को बचाया अथवा अपनी सहयोगी प्रवृत्ति के कारण उसकी रक्षा की। इसे जानने के लिए उसने एक प्रयोग किया एक बड़े हौज में एक ऐसी अस्वस्थ मादा डॉल्फिन को रखा, जिसे साँस लेने के लिए जल सतह तक आने में कठिनाई होती थी।

उसकी मदद के लिए उसी में एक स्वस्थ और अपरिचित नर डॉल्फिन को छोड़ा गया। नर मछली बार-बार मादा को ऊपर उठा कर साँस लेने में सहयोग प्रदान कर रही थी। बाद में उसमें एक अन्य मादा डॉल्फिन छोड़ी गई। वह भी इस सेवा कार्य में जुट पड़ी। दोनों ने मिलकर 48

घण्टों तक अस्वस्थ मत्स्य की मदद की, तब कहीं जाकर वह योग्य हो सकी कि स्वयं जल सतह तक जा कर साँस ले सके।

इस प्रयोग से डॉल्फिन मछली की परोपकारी वृत्ति असंदिग्ध साबित हो गई और प्रोफेसर की यह दृढ़ धारणा बन गई कि यह उसकी नैसर्गिक प्रवृत्ति है। एक अन्य घटना न्यूजीलैण्ड की है वहाँ के होकोआँगा बंदरगाह में सन् 1950 के दशक में एक मानव प्रेमी डॉल्फिन जील एक तेरह वर्षीय बालिका से इतना हिल मिल गई थी कि वह उसे दूर तक अपने ऊपर बैठाकर सैर करा लाती थी। प्रायः वह मात्र; निकटवर्ती 'ओमोपीयर' तट तक होती। यहीं तक बंदरगाह फैला हुआ था। इसके बाद वह जील को वापस लौटा लाती थी अपनी उक्त प्रवृत्ति के कारण स्थानीय लोगों में 'ओमो' नाम से लोकप्रिय हो गई थी। इस घटना से वह इतनी प्रसिद्ध हुई कि न्यूजीलैण्ड में उसके संरक्षण के लिए एक कानून बनाया गया। इस कानून के बाद लोग उसके कौतुकों से अपना मनोरंजन तो करते, पर उसे छेड़ने की कोशिश नहीं करते।

ओमो भी अपने कर्तव्यों द्वारा स्नान करने वालों का खूब दिल बहलाती। उनमें जैसे कही जील दिखाई पड़ती, वह तुरन्त उसके पास पहुँच कर उसे जल विहार के लिए ले जाती। एक ऐसे ही अवसर पर असावधानीवश जील उसकी पीठ से लुढ़क पड़ी और गहरे जल में डूबने लगी। ओमो को ज्यों ही यह ज्ञात हुआ, उसने तत्काल डुबकी लगाकर लड़की को अपने ऊपर बैठा लिया।

शायद घटना की गंभीरता का उसने कुछ अनुमान कर लिया था, अतः वह और आगे न बढ़कर बैरंग पीछे लौट पड़ी। तट पर जील को छोड़कर गहरे जल में विलुप्त हो गई। उस दिन के बाद फिर उसके दर्शन न हुए।

संभव हो उसे इस घटना का त्रास पहुँचा हो। ऐसे ही पेलोरस जैक

नामक एक अन्य डॉल्फिन 1940 चर्चा का विषय बनी रही। अनेक वर्षों तक यह मछली नाविकों का मनोरंजन करती रही। कई बार उन्हें पीठ पर बैठा कर समुद्र की यात्रा भी कराती। जब बूढ़ी हुई तो एक बार पेरेविन जलयान से टकराकर बुरी तरह घायल हो गया। बाद में इसी दुर्घटना के कारण उसकी मृत्यु हो गई। आज भी उसका चौदह फीट लम्बा कंकाल विलिंगटन के अजायबघर में रखा है।

सन् 1971 में अमेरिका के फ्लोरिडा राज्य में झिलसबरी परिवार के पास एक पालतू डॉल्फिन थी, वह परिवार वालों के साथ वाटर पोलो खेला करती थी। यदा-कदा जब छोटे बच्चों की गेंद खेलते समय जब

पानी में गिर पड़ती, जो वह उसे उठाकर बाहर फेंक देती। बच्चों के साथ वह खूब अठखेलियाँ किया करती थी।

एक बार एलिसबरी परिवार का एक बालक खेलते समय अचानक पानी में गिर पड़ और डूबने लगा। जब तक परिवार के लोग उसकी सहायता के लिए प्रस्तुत होते उससे पूर्व ही उस डॉल्फिन ने उसे सुरक्षित बाहर कर दिया था। कई बार डॉल्फिनें छोटी मोटी शरारतें भी करती हैं। ऐसी ही एक डॉल्फिन ब्रिटेन के आम्यल ऑफ मेन के पोर्ट एरिन बंदरगाह में थी। उसमें लोगों की सहायता और मनोरंजन करने की दोनों प्रवृत्तियाँ भी थी, पर एक तीसरा स्वभाव भी था कि वह नाविकों से छेड़छाड़ भी किया करती थी। "डोनाल्ड" नामक डॉल्फिन जब मस्ती में आती, वह नावों का लंगर खोल देती थी। यदा-कदा वह उन्हें धकेलकर दूर समुद्र में ले जाती और वहाँ उछल-उछल कर तट पर खड़े नाविकों को यह बतलाने की कोशिश करती कि वह उसी की शरारत है। डॉल्फिनों को यदि प्रशिक्षित किया जा सके अथवा सेवा सहायता उन्हें किसी प्रकार समझाई जा सके, तो उन कार्यों को भी वह दक्षतापूर्वक करती देखी जाती हैं।

स्पेन के दक्षिण पश्चिम में "ला-कोरोना" के समुद्र तट पर डॉल्फिनें मछुआरों को मछली पकड़ने में मदद करती दृष्टिगोचर होती हैं। यहाँ पर मछुआरों को जब मछलियाँ पकड़नी होती हैं, तब वे पानी में पैरों के माध्यम से एक विशेष प्रकार की लहर व मुँह से विशिष्ट प्रकार की ध्वनि उत्पन्न करते हैं, इन संकेतों का अर्थ समझकर डॉल्फिनें सहायता के लिए तत्काल प्रस्तुत होती हैं। उनका झुण्ड चारों ओर से मछलियों को घेर-घेर कर उनकी ओर लाती है और मछुआरे उन्हें जाल फेंक कर फँसा लेते हैं।

इस प्रकार मछली पकड़ने का कार्य अत्यंत सरल हो जाता है। सेना

में प्रतिरक्षा संबंधी कार्यों में कुत्तों, कबूतरों की मदद तो देखी सुनी जा रही हैं, पर यह कदाचित ही सुना गया है कि इस कार्य में मछलियाँ भी निष्णात् होंगी, किन्तु यह सत्य है कि इस क्षेत्र में जब डॉल्फिनों की मदद ली जा रही है। जिसकी शुरुआत अमेरिका ने की है। प्रयोग के रूप में इस प्रकार के प्रशिक्षण का शुभारंभ सर्वप्रथम कैलीफोर्निया के चाइना लेक स्थित नेवल आर्डिनन्स सेंटर में किया गया।

वहाँ बारी-बारी से तीन डॉल्फिनों को प्रशिक्षित किया गया और बाद में खुले समुद्र में छोड़कर उनकी परीक्षा ली गई, यह जानने का प्रयास किया गया कि प्रशिक्षण के दौरान उन्हें जो सिखाया गया, वे उसे सचमुच सीख पाया या नहीं। परिणाम उत्साहवर्धक देखा गया। इस आरंभिक सफलता के उपरान्त यह प्रशिक्षण कार्य अमेरिका में अब कैलीफोर्निया के अतिरिक्त फ्लोरिडा एवं हवाई के दो अन्य नौसैनिक केंद्रों में चलाया जा रहा है। पिछले वर्षों में ऐसी प्रशिक्षित मछलियों ने फारस की खाड़ी में अमेरिकी जलपोतों की रक्षा कर अपनी महत्वपूर्ण भूमिका का प्रमाण परिचय दिया है। ईरान-इराक युद्ध के कारण उक्त वर्ष जब इस क्षेत्र में तनाव बढ़ा और समुद्र में बारूदी सुरंगों का जाल बिछा, तो अमेरिकी नौसेना ने जहाजों की रक्षा के लिए डॉल्फिनों की सहायता ली थी। तब कई प्रशिक्षित डॉल्फिन खाड़ी में भेजी गई थी, जो जल के भीतर छुपी सुरंगों का सही सही अनुसंधान कर उसकी सूचना जलयान में देती व संभावित दुर्घटना को टालने में मदद करती थी। आज अमेरिका के पास सौ से भी अधिक प्रशिक्षित मछलियाँ हैं, जो समय-समय पर जल सेना को अपनी बहुमूल्य सेवा प्रदान करती रहती हैं।

संभवतः डॉल्फिनों की इसी सेवावृत्ति ने महान अंग्रेज कथाकार शेक्सपीयर को उन पर कथा सृजन की प्रेरणा दी। उनकी "दि ट्रैवेल्व्स

नाइट" नामक कहानी में ऐसी ही परोपकारी मछलियों का वर्णन है, जिन्होंने सरियन नामक एक यात्री को समुद्री दस्युओं द्वारा सागर में फेंक दिए जाने पर सुरक्षित ग्रीस तक पहुँचाकर उसकी प्राण रक्षा की थी।

इस प्रकार डॉल्फिनों की सहकारिता निश्चय ही सराहनीय है। विकास वादियों के अनुसार कशेरुकी मेरुदण्ड युक्त प्राणियों में मछलियाँ सबसे निम्न श्रेणी की है। उच्चकोटि में स्तनपाइयों को रखा गया है। उसमें भी मनुष्य को सर्वाधिक सर्वश्रेष्ठ व बुद्धिमान माना गया है डॉल्फिन मछली है और अल्प विकसित है। वह मनुष्य की तुलना में अत्यंत अशक्त – असमर्थ है फिर भी अपनी सीमित क्षमता योग्यता का भरपूर उपयोग करती और सहकार वृत्ति का उत्कृष्ट नमूना प्रस्तुत करती है। मनुष्य उससे अनेक गुना विकसित और सामर्थ्यवान है। उसकी परोपकारिता भी अनेक गुना बड़ी होनी चाहिए। डॉल्फिन अपनी अनेक विशेषताओं के कारण आज लोकप्रिय जलीय जीव है।

•••

प्रश्नोत्तरी

1. डॉल्फिन का दूसरा नाम क्या है?
   (अ) सूंस (ब) सोंप
   (स) व्हेल (द) मित्रणी

2. डॉल्फिन कैसा जीव है?
   (अ) मछली (ब) पतंग
   (स) पक्षी (द) स्तनधारी

3. डॉल्फिन का व्यवहार कैसा रहता है?
   (अ) तीखा (ब) गुस्सैल
   (स) दोस्ताना (द) नकचढ़ी

4. किस प्रधानमंत्री ने डॉल्फिन को राष्ट्रीय जलचर घोषित किया?
   (अ) मनमोहन सिंह ने (ब) इंदिरा गांधी ने
   (स) अटल विहारी वाजपेयी ने (द) चरण सिंह ने

5. डॉल्फिन के संरक्षण का श्रेय किसे जाता है?
   (अ) डॉ. रवीन्द्र कुमार सिन्हा को (ब) दीपांकर को
   (स) नीतीश कुमार को (द) राजीव गांधी को

6. डॉल्फिन का वैज्ञानिक नाम क्या है?

(अ) गंगेय (ब) व्हेलटिका

(स) प्लाटानेस्टा गंगेटिका (द) अर्जुनिका

7. गंगेय डॉल्फिन कितनी दूर का देखती हैं?

(अ) ये तो अंधी होती हैं (ब) सौ किमी

(स) दो मीटर (द) आधी फर्लांग

8. डॉल्फिन का शिकार किसके लिए किया जाता है?

(अ) तेल के लिए (ब) पूजने के लिए

(स) पालने के लिए (द) मनोरंजन के लिए

9. क्या डॉल्फिन नाम लेकर पुकारती हैं?

(अ) हाँ (ब) पता नहीं

(स) नहीं (द) कुछ कह नहीं सकते

10. डॉल्फिन की स्मृति कैसी रहती है?

(अ) मीडियम (ब) मंदबुद्धि

(स) भ्रमित (द) अत्यंत तेज

उत्तर

1. अ 2. द 3. स 4. अ 5. अ 6. स 7. अ 8. अ 9. अ 10. द